AF176615

Horst Grabosch

Seelenwaschanlage

Über den Autor:

Horst Grabosch wurde 1956 in Wanne-Eickel geboren und studierte bis 1979 Germanistik, Philosophie und Musikwissenschaft in Bochum und Köln. 1984 schloss er ein Studium zum Orchestertrompeter an der Folkwang-Musikhochschule in Essen ab. Bis 1997 arbeitete er als freiberuflicher Musiker und musste nach einem Burnout diesen Beruf aufgeben. Danach absolvierte er eine Umschulung zum Informationstechnologen bei Siemens-Nixdorf in München und arbeitete als freiberuflicher Informationstechnologe. Heute lebt er als Produzent von elektronischer Musik und Schriftsteller im bayerischen Oberland.

Horst Grabosch

Seelenwaschanlage

Briefe aus der Depression

Impressum

Bibliografische Information der Deutschen Nationalbibliothek:
Die Deutsche Nationalbibliothek verzeichnet diese
Publikation in der Deutschen Nationalbibliografie;
detaillierte bibliografische Daten sind im Internet
über http://dnb.dnb.de abrufbar.

Herstellung und Verlag:
BoD – Books on Demand, Norderstedt

ISBN: 9783756227211

VORWORT

Dieses Buch handelt von Depressionen. Zur Jahreswende 2007/2008 hielt mich eine akute Depression fast 4 Monate in einer seelischen Gefangenschaft.

Das Schreiben von Briefen schien mir eine geeignete Therapie neben der Medikation zu sein. Tatsächlich hatte ich das Gefühl, in meiner oberbayerischen Kleinstadt in einer offenen 'Anstalt' zu weilen. Zur Überhöhung der Texte schuf ich die doch sehr verwirrte Figur Ki Apfel, den fiktiven Autor der Briefe.

Dass ich nicht weit entfernt von einer richtigen Anstalt war, stellte sich zwei Jahre später bei einem schweren Rückfall dar, der mich tatsächlich zur Behandlung in die Psychiatrie zwang. Erst jetzt, mit Hilfe einer intensiven Gesprächstherapie, weiß ich, wie viel Wahrheit in den Briefen steckt. Diese Wahrheit war für mich aber nicht greifbar und zu verarbeiten. Die wahre Krankheit liegt tiefer und verborgener als ich mir jemals vorstellen konnte.

Heute muss ich feststellen, dass das Thema Depression von noch größerer Brisanz ist als neuere Statistiken ohnehin schon andeuten. Durch neue, leicht verfügbare Informationen können wir die Welt immer detaillierter erkennen. Ein Lügengebäude nach dem anderen bricht zusammen und es zeigt sich eine Höllenfratze, die wir immer schon erahnten, aber erfolgreich in den Tiefen unserer Seelen verschüttet haben.

Wenn die Hölle unserer Kindheit und die Hölle der Welt sich vereinen, bricht die tief sitzende Krankheit aus. Das einzige Kraut, das der Krankheit dauerhaft gewachsen ist, müssen wir uns neu erarbeiten.

Es heißt 'Lust & Liebe'. Wenn die Lust auf das Leben und die Liebe zum eigenen inneren Kind wieder zur Triebfeder unseres Verstandes werden, sind wir endlich wieder Mensch.

Die Ironie der Briefe signalisiert aber auch eine gewisse Leichtigkeit im Umgang mit den Seelenqualen. Diese Leichtigkeit wünsche ich dem Leser bei aller Ernsthaftigkeit in der Auseinandersetzung mit dem Schmerz.

■■

KI APFEL'S BEGRIFFSWELT DER ‚ANSTALT'

Organisation - *Eine Art Geheimbund der Reichen und Mächtigen. So etwas, wie die 'High Society'. Man gehört dazu, oder nicht – man versteht sich.*

Patienten - *Alle vom Leben Gebeutelten und Gescheiterten. Nicht zuletzt am gesellschaftlichen Status erkennbar. Sie sind das Gegenteil von ‚Freien Bürgern'.*

Freie Bürger - *Alle erfolgreichen oder gut situierten Menschen – vergleichbar mit dem so genannten Mittelstand. Sie müssen sich keine Sorgen um ihr Auskommen machen, weil sie bei der Organisation fest angestellt sind.*

Neutrinos - *Sie sind nicht so recht fassbar und entziehen sich der klaren Einordnung.*

Intensivgruppe - *Entspricht der Familie. Durch den*

Geisteszustand des Patienten erscheint sie jedoch seltsam fremd.

Hamsterrad - Ist die Arbeitsstelle von Patienten. Der Lohn entspricht in keiner Weise dem Aufwand der Patienten. Sie haben keine Rechte und werden von der Organisation nach Belieben schikaniert.

schwarze Zahlen-rote Zahlen - Patienten haben gar kein echtes Geld. Es sind nur Zahlen auf dem Bankautomaten, die kaum zum Überleben reichen. Bei Patienten sind sie chronisch rot.

Jungbürger - Wenn die Kinder gerade erwachsen sind, werden sie zu Jungbürgern. Ein augenzwinkernder Hinweis auf das Verhalten von noch in elterlicher Wohnung residierender Neuschlaumeiern – dennoch innig geliebt!

Anstaltsfernsehen - Wenn die Fernsehanstalten der 'Organisation' reale und fiktive Informationen mischen, oder wenn es besonders absurd oder manipulativ wird, ist es Anstaltsfernsehen.

Pobitu - Patient ohne Beschäftigung in therapeutischer Unternehmerfunktion. Eine kritische Betrachtung der Unternehmensgründungen aus Hartz 4 – ICH-AG.

■■

MEINE INTENSIVGRUPPE

Liebe Mutter,

Du bist schon vor vielen Jahren gestorben. Aber da die anderen Briefe auch nie ankommen, schreibe ich dir trotzdem.

Ich weiß natürlich, dass Mütter sich hauptsächlich für die Familie interessieren. Nun, da muss ich dich einerseits enttäuschen, aber andererseits auch wieder nicht. Also eine richtige Familie mit Streitereien, Fremdgehen, Scheidung und so was, habe ich nicht. Aber eine Intensivgruppe, die einer echten Familie täuschend ähnlich ist. Lass mich doch einfach von meiner Intensivgruppe erzählen.

Ich habe eine Frau und ein Kind in meiner Wohnung. Ein Junge, der für sein Alter schon ziemlich ausgeschlafen ist. Ich glaube, dass er ein Mensch gewordener Alien ist, weil er unentwegt am Computer mit Außerirdischen kommuniziert. Jedenfalls habe ich ihn in mein Herz geschlossen und mache mir auch so richtig Sorgen, wie im realen Leben. Der Unterschied zwischen virtuellem Leben und realem Leben dürfte gerade dir ja nicht fremd sein.

Interessant ist aber das vierte Mitglied. Ursprünglich war er das erste Kind, aber die werden ab einem gewissen Alter zum Jungbürger übernommen. In dieser Übergangsphase werden wir intensiv ruhig gestellt, damit wir das ganze Theater verkraften.

Dann hast du eines Morgens einen jungen Erwachsenen für zwei bis drei Jahre in der Wohnung. Natürlich beansprucht der seinen eigenen Wirkungsraum und schnauzt dich manchmal auch richtig an, aber das ist ja normal bei Jungbürgern.

Ich glaube, dass das eine spezielle Therapiephase ist, wo getestet wird, wie stabil die Patienten sind. Gewöhnlich hören die Jungbürger immer laute Musik, was dir natürlich furchtbar auf den Wecker geht. Sie benutzen dein Rasierwasser und sind sehr raumgreifend.

Aber wir sind ja so behandelt worden, dass wir das ertragen können. Wir wehren uns nicht wirklich, sondern tun nur so, damit wir das Therapieziel erreichen. Wer weiß, was passiert, wenn wir die Prüfung nicht bestehen? Ich habe da schon so manches gehört. Manchmal wird dann auch so etwas wie eine Scheidung inszeniert, und der Patient wird in eine andere Anstalt verlegt.

Ich will natürlich meine Ruhe haben, deshalb mache ich alles geduldig mit. Jungbürger ist in der Anstalt mit Sicherheit die beste Position. Sich so richtig scheiße zu benehmen, gehört quasi zu seinem Job. Natürlich muss die Intensivgruppenfrau seinen ganzen Dreck wegmachen. Das ist einfach so. Und damit wären wir bei der Frau.

Intensivgruppenfrau ist der beschissenste Job, den ich mir vorstellen kann. Stell dir vor, du musst fast lebenslang mit einem Patienten leben und dann auch noch die Kinder betreuen. Da kommst du kaum zur Ruhe.

Ich liebe meine Intensivgruppenfrau wirklich sehr. Damit es nicht zu Übergriffen der männlichen Patienten kommt, werden die aber so im Hamsterrad rangenommen, dass den meisten jede Lust vergeht.

Ich habe natürlich einen Höllenrespekt vor der Intensivgruppenfrau. Meistens nimmt die mich auch im Alltag ziemlich hart ran. Dann muss ich auch im Haushalt helfen, obwohl ich mit meiner Arbeit im Hamsterrad noch nicht fertig bin. Aber was soll's, ich kann mich ja abends beim Anstaltsfernsehen erholen.

■■

ALPINE WINTERSPORT-THERAPIE

Hallo Ralf,

lange nicht gesehen. Ich erkläre dir nicht lange meine Situation, das interessiert dich ja ohnehin nicht.

Aber da du dich doch sehr für Sport interessierst, muss ich dir von einem skurrilen Tag in meinem Leben erzählen. Zugegeben hat es viele skurrile Tage in meinem Leben gegeben, aber die meisten hatten nichts mit Sport zu tun.

Wenn dir einige Begriffe seltsam vorkommen, lies einfach darüber weg. Ich bin nämlich in so einer Art offenem Vollzug, einer Anstalt. Das wird dich wohl nicht weiter wundern, hast du doch immer schon gemeint, ich gehörte in eine Anstalt.

Diese Anstalt hat aber nichts mit den geschlossenen Anstalten gemein. Ich erzähle dir vielleicht in einem anderen Brief einmal mehr darüber. Nun zum Thema Sport. Damit wir Patienten nicht ganz einrosten, gibt es hier ab und zu Sport-Therapien. Neulich hatten wir eine alpine Wintersport-Therapie. Natürlich sind Betreuer immer dabei, allein geht nicht.

Wir hatten einige schöne Wintertage in der Anstaltsregion und schon ging es eines Tages ab mit der Intensivgruppe zur Sport-Therapie, in ein Skigebiet. Natürlich eines in der Nähe und auch fluchtsicher in einem Hochtal gelegen. Vor der Zufahrt war sogar ein Schlagbaum, wo man Geld bezahlen musste. Alles ist dort voll durchorganisiert mit Chipkarten und so. Eigentlich sind die Skigebiete den freien Bürgern vorbehalten, aber zur Therapie dürfen wir auch mal mitmachen.

Man kann Patienten und freie Bürger natürlich sofort an der Skiausrüstung erkennen. Ich sah mit meinen alten Skisachen anders aus, als die freien Bürger. Bei denen stehen die Marken auf der Ausrüstung. Vielleicht kennst du einige: Bogner, Head, Boss und so. Ich habe nur ein Schild innen in der Jacke, wo '100 % Polyester' draufsteht.

Aber meine Skier sind prima. Die sind erst 10 Jahre alt. Ich habe sie von einem Betreuer geschenkt bekommen. Sie sind auch beschriftet, aber die Schrift kann man nicht mehr lesen, weil sich natürlich Betreuer und freie Bürger das Recht nehmen, am Lift über die Skier der Patienten zu fahren.

Der Witz ist ja, dass sie die sofort an der Ausrüstung erkennen und auch weil die viel leiser und scheuer sind. Na ja, als Patient kann man eben keineAnsprüche stellen. Der Schwanz wedelt ja auch nicht mit dem Hund, oder?

Jedenfalls hatte ich, wenn auch in mich gekehrt, viel Spaß an der Therapie. Während die freien Bürger ja diese 'Alles-geht-Chipkarten' haben, konnte ich mir nur eine Patientenpunktekarte leisten, weil man ja aus therapeutischen Gründen die Liftfahrten für die Familienangehörigen auch noch selbst bezahlen muss. Aber ich durfte auch zwei Mal den Berg runterfahren.

Während die anderen mehrere Fahrten machten, musste ich oben auf dem Berg warten. Es war eine wirklich tolle Aussicht. Ich konnte sogar freien Bürgern bei der Brotzeit vor der Skihütte zusehen. Natürlich wird es etwas kalt, wenn man so eine Stunde auf dem Berg steht.

Die Skisachen sind ja auch nicht die Besten. Aber denk doch einmal, zwei Fahrten, das ist doch wirklich schon eine tolle Sache, oder?

Jedenfalls war ich doch etwas durchgefroren, als wir nach 4 Stunden wieder abgeholt wurden. Toll war aber, dass es daheim im Anstaltsfernsehen auch noch Wintersport gab. Ich bin ja jetzt bescheiden geworden und finde Sport im Anstaltsfernsehen fast genauso schön wie echten Sport.

Wahrscheinlich ist das auch das Therapieziel. Wenn du mal ordentlich rangenommen wurdest von den Sportbetreuern, und gefroren hast wie ein Schneider, dann werden deine Ansprüche automatisch reduzierter.

So Sportskanone, jetzt muss ich wieder arbeiten.

■■

LEHRER - GIPFEL DER SCHÖPFUNG

Liebe Dubi,

meine Lieblingsveranstaltung ist die Jahreseinführung zum Klassenwechsel. Da treten dann die Lehrer auf. Wenn du aber glaubst, dass die da so richtig selbstbewusst den Larry raushängen lassen, wie man es von einem Lehrer ja erwartet, dann hast du dich getäuscht. Einige nölen da ganz in sich gekehrt etwas von Sporthallenbelegung und so, oder sie nesteln minutenlang am Projektor herum, der den Plan an die Leinwand werfen soll. So gar kein Unterschied zu den Patienten, obwohl sie doch zu den freien Bürgern gehören.

Jedes Jahr tappe ich in die gleiche Falle und denke, dass gleich einer aufsteht und vielleicht so etwas rauslässt:

„Hallo liebe Besorgte eurer Schutzbefohlenen. In diesem Jahr wollen wir die Kinder mal so richtig für Lernen begeistern.

Wir werden mit ihnen in fremden Zungen reden und dabei unendliche Freude haben. Das Universum wird unser bester Freund, weil wir in Chemie, Physik und Biologie den Atem des Lebens spüren werden. In Philosophie und Religion werden wir dem Sinn unseres Daseins auf den Spuren bleiben und in Deutsch werden wir Tränen des Glücks über die Schönheit unserer Sprache vergießen.

Die Mathematik soll uns die Eleganz und Macht unseres Gehirns aufzeigen und im Sportunterricht werden wir einen Riesenspaß an der Bewegung unserer Körper haben. Die Soziologie wird uns das Fremde näher bringen und uns aufzeigen, wie man respektvoll und freundschaftlich miteinander umgeht.

Schließlich werden wir eure Kinder kostenlos das Musizieren lehren und unserer Fantasie in der Malerei freien Raum geben. Im Theater werden wir Stücke einstudieren und die gemeinsame Arbeit an der Menschwerdung wird uns beglücken und für immer und ewig freundschaftlich zusammenschweißen."

Stattdessen höre ich:

„Morgen wird das Büchergeld eingesammelt. Bitte geben Sie Ihrem Kind 40,- Euro mit. Nächste Woche machen wir eine Klassenfahrt zum Spaßbad. Das kostet 8,- Euro. Überweisen Sie dann 10,- Euro Kopiergeld bis zur nächsten Woche und kaufen Sie 30 Hefte in den vorgeschriebenen Farben.

Falls eine Zahlung versäumt wird, muss das Kind nachsitzen oder 100 Mal irgendeinen Schwachsinn schreiben. Wir können Ihnen jetzt schon garantieren, dass das Kind oft weinend nach Hause kommt, weil wir einen Lehrplan einzuhalten haben. Es wird eine verdammt schwere Zeit für uns alle."

Das nennen die dann 'Pädagogik'. Gott steh uns bei.

4-SCHANZEN-TOURNEE

Lieber Vater,

es wird dir nicht gefallen, dass ich in der Anstalt gelandet bin, aber du brauchst nicht traurig zu sein. Hier ist die Welt noch in Ordnung. Alle Patienten sind gut drauf, ruhig und gelassen.

Für unseren Lebensunterhalt ist gesorgt, auch wenn wir unglaublich viel dafür arbeiten müssen. Aber so sind wir von der Straße und kommen auf keine dummen Gedanken. Ich habe jetzt fast gar keine Wut mehr und liebe es, Anstaltsfernsehen anzuschauen. Das beruhigt mich total und versöhnt mich mit dem Universum.

Letztens gab es tolle Sendungen vom Wintersport. Ich weiß ja nie so genau, was auch im Realfernsehen gesendet wird, weil die das hier ganz geschickt mischen. Das ist doch klar. Wenn den Patienten die ganze Zeit bewusst ist, dass sie in der Anstalt leben, kann es schnell einen Aufstand geben. Aber da sind wir weit von entfernt. Die meisten Patienten wissen gar nichts von der Anstalt.

Du kennst mich ja. Ich denke eben gern viel nach und durch die dauernde Grübelei weiß ich etwas mehr als die anderen. Aber ich habe mich hier prima eingefügt. Es ist auch alles eigentlich in Ordnung und die Sendungen von der 4-Schanzen-Tournee waren wirklich toll.

Ob das jetzt echt war, kann ich ja nicht beurteilen, aber dieses Jahr war es nur eine 3-Schanzen-Tournee. Vielleicht ist ein Sponsor abgesprungen, oder etwas anderes. Sie haben es natürlich so gedreht, dass das Wetter nicht richtig war. Bei uns in der Anstalt war das Wetter o.k., aber es war schon etwas windig.

Das Wichtigste beim Skispringen ist ja der Wind. Leider gibt es richtigen Wind und falschen Wind. Das ist wie beim Radfahren. Du kennst das ja. Wenn der Wind von vorne kommt, ist es falscher Wind, wenn er von hinten kommt, ist es richtiger Wind. Das Lustige ist aber, dass es beim Skispringen genau umgekehrt ist.

Wenn der Wind von hinten kommt, plumpsen die wie Kartoffelsäcke auf den Aufsprung und es kommt gar keine richtige Todesgefahr auf. Wie beim Autorennen spielt ja Todesgefahr auch eine wichtige Rolle beim Skispringen. Jetzt wird das ja alles immer sicherer. Hoffentlich verlieren die Zuschauer nicht das Interesse, wenn gar keine Todesgefahr mehr da ist. Aber dann können sie ja immer noch Boxen gucken.

Jedenfalls ist es jetzt wie früher, als sich alle gefreut haben, wenn ein deutscher Springer überhaupt ins Finale kommt. Gewonnen hat übrigens ein alter Finne. Jedenfalls wurde der im Anstaltsfernsehen als uralt verkauft, obwohl er erst 30 Jahre alt ist. Ich finde 30 Jahre ja nicht unbedingt alt, aber Turnerinnen sind ja schon mit 18 steinalt.

Allerdings kann man mit 40 auch nicht mehr zum freien Bürger wechseln, selbst wenn man total lieb ist und 100 Diplome hat. Wer nicht von Jugend an direkt als freier Bürger aufwächst, muss eben draußen bleiben. Wer dann noch frech wird, kommt in die Anstalt, so ist es nun einmal, da kann man nichts machen.

Erinnerst du dich noch an den Engländer, der gar nicht Ski springen konnte. 'Der Adler' wurde er genannt. So kann man es natürlich schaffen, weil der wirklich ständig in Todesgefahr war. So etwas liebt der Zuschauer. Entweder reich oder dem Tod geweiht. War ja im alten Rom schon so.

Jetzt muss ich mal schauen, ob es heute eine Sportveranstaltung mit Todesgefahr im Anstaltsfernsehen gibt. Unsere Therapeuten finden das in Ordnung, dass wir solche Sendungen sehen. Das lenkt prima ab.

■■

DIE AKTUELLE GERWALTDISKUSSION

Lieber Rolf,

lange nicht gesehen, was? Ich muss dir mal was Wichtiges schreiben. Leider wirst du den Brief nie bekommen, weil er von der Anstaltsleitung abgefangen wird, haha. Ich bin ja wohl einer der Wenigen hier, die das wissen, weil ich so viel nachdenke. Aber die lassen mich machen, ich bin ansonsten auch ganz ruhig.

Hier im Anstaltsfernsehen, das ich jeden Abend wegen der lustigen Sendungen gern anschaue, haben die jetzt ganz aufregende Sachen gezeigt. Wahrscheinlich aus 'gegebenem Anlass'. Also, wenn jetzt jemand aus der Anstalt abhauen will, in die große Stadt, wird er von Ausländern schon in der U-Bahn totgemacht. Ja, wirklich, ich hab das selbst gesehen. Die haben es jede Stunde mehrfach gezeigt, immer wieder.

Jetzt ist das bei uns so. Hier leben auch viele Ausländer in der Anstalt, Patienten und auch freie Bürger. Aber die sind alle ganz lieb. Manchmal sagt höchstens mal einer: „Hey, was guckst du?", oder so was harmloses. Das sind aber immer Patienten und wenn ich mich dann auch als Patient zu erkennen gebe, ist alles total gut. Dann beschützen die dich sogar vor wild gewordenen Ureinwohnern, zum Beispiel.

Gestern war eine Sendung über dieses Thema im Anstaltsfernsehen, die mich doch wieder sehr verwirrt hat. Die war eindeutig extra für Patienten produziert. Weil ich mir alles so schlecht merken kann, habe ich mir einen Redner mit einer Eselsbrücke gemerkt. Das war der Migrationskoch, von kochen und Migration, super die Eselsbrücke, nicht?

Der hat gesagt, dass man wohl mal jetzt den Ausländern ordentlich die Meinung geigen muss. Die anderen Redner habe ich vergessen. Das beweist, dass Migrationskoch der Gerissenste ist. Vielleicht nicht der Beste, aber der Gerissenste. Einer der Redner geht mit Ausländern aufs Hochseil und die werden dabei von deutschen Frauen gesichert. Das macht die dann ganz ruhig. Scheint mir eine prima Idee zu sein.

Vielleicht fehlt denen ja auch eine Moschee, Teestube oder eine Beschäftigungstherapie, wie wir sie haben, damit sie ruhiger werden. Auf jeden Fall ist mir eingefallen, dass ich ja auch früher mal in großen Auslandsstädten war. In einigen hat man uns im Hotel geraten, abends nicht allein rauszugehen, weil man sonst von Ausländern totgemacht wird. Das hat mich konfus gemacht, weil ich doch im Ausland der Ausländer bin, oder? Also hätte ich doch Inländer totmachen müssen, aber ich hatte doch gar keinen Anlass dazu.

Oder nimm zum Beispiel Hitler oder Amerika. Hitler war ja Ausländer und hat im Nochmehrausland Inländer und andere Ausländer totgemacht. Das ist doch total kompliziert, das würde ich schon aus dem Grund nicht machen. Stell dir mal vor, wie lange du über so eine Konstellation nachdenken musst. Amerika wiederum macht Ausländer im Inland und umgekehrt tot. Oder muss es heißen Inländer im Ausland und umgekehrt? Oder Inländer im Inland und Ausländer im Ausland?

Jetzt sagt ja Migrationskoch, man müsste auch differenzieren. Er meint wahrscheinlich zwischen Muslimausländern, Ostausländern, Westausländern, Südausländern, Reichausländern, Armausländern und so. Das wäre mir aber zu kompliziert. Stell dir vor, Europa wird irgendwann mal ein Land, dann kannst du wieder von vorne anfangen. Besser und weltweit tauglich finde ich die Differenzierung zwischen Idioten und Nichtidioten. Dann kann man noch weiter gruppieren in bösartig und lieb.

Das reicht doch, oder?

P.S. Die bösartigen Nichtidioten sind die gefährlichsten! Wenn wir davon ausgehen, dass in jedem Land gleich viel gute Menschen leben, dann sind 98,8 % aller guten Menschen Ausländer, 4,6 % sogar US-Amerikaner!

■■

BANKENWESEN FÜR DUMMIES

Liebe Rosi,

arbeitest du nicht bei einer Bank? Ich habe hier in der Anstalt viel über Banken gelernt. Wie bei vielen Dingen hier, ist die Bank für Patienten und freie Bürger gemischt zuständig. Natürlich gibt es elementare Unterschiede. Ich bin ja jetzt schon so lange weg aus dem Bürgerleben, deshalb erinnere ich mich nicht so genau, wie das früher war. Sei nicht böse, wenn ich ab und zu mal was durcheinander werfe.

Hier gibt es eigentlich gar kein richtiges Geld, jedenfalls nicht für Patienten. Es gibt ziemlich viele Banken und auch die Patienten dürfen sich eine aussuchen. Aber eigentlich ist das egal, wo du hingehst, denn die werden ja alle von mächtigen Organisationen geführt. Ich kann dir das jetzt nicht im Einzelnen erklären, aber die Organisation leitet die Anstalt und bestimmt einfach alle Dinge, die hier passieren. Ist ja ganz normal.

In jeder Bank gibt es Automaten, die für uns Patienten die Bank repräsentieren. Da können wir zum Beispiel ablesen, dass die rote Zahl wieder größer geworden ist. Das bedeutet meist, dass wir auch sofort wieder abziehen können. Wenn noch Essen für einen Tag im Kühlschrank ist, geht es ja noch, aber manchmal ist das schon unangenehm. Dann müssen wir eben weniger essen. Das ist sicher so gewollt, damit wir Patienten nicht so dick werden und etwa der Krankenabteilung auf die Nerven gehen. Fettleber und so ein Zeug, du weißt schon.

Über die Zahlen im Automaten haben die Patienten leider keine Kontrolle, weil die Organisation regelmäßig immer wieder große Zahlen abzieht, für Wärme zum Beispiel, oder Licht. Das meiste geht aber für die Wohnung drauf und natürlich die Strafzahlungen für andauernd rote Zahlen. Wenn ein Patient mal nicht genug, also weniger als 60 Stunden pro Woche gearbeitet hat, kann das ein lustiges Spielchen mit Rechentricks werden.

Dann wird nämlich das, was abgezogen wird, immer mehr und du kannst es unmöglich wieder auf schwarze Zahlen bringen. Glücklicherweise sind es nur Zahlen und kein echtes Geld. Schwarze Zahlen auf dem Automat bedeuten 'gut', rote Zahlen 'schlecht'. Bei 'ganz schlecht' kommt so ein Text und die Plastikkarte ist weg. Einfach futsch. Das ist total lustig, wie die in dem Automaten verschwindet. Nur wird es dann mit dem Essen heikel. Aber so bleiben wir gesund.

Einmal im Jahr müssen wir noch eine Strafzahlung an die Organisation machen. Die ist unabhängig von den Zahlen auf dem Automaten. Selbst wenn da 'rot' ist, müssen die Patienten zahlen, sonst gibt es noch mehr Strafe. Aber Strafe muss ja auch sein. Schließlich ist man nicht zufällig Patient geworden. Wir sind ja selbst schuld. Ich weiß das, aber einige Patienten sind immer ganz verstört. Auch die freien Bürger müssen eine Jahreszahlung machen, aber die kriegen das locker wieder herein, weil die Bank sie regelmäßig für tolle schwarze Zahlen belohnt.

Bei denen ist das genau anders herum, wie bei den Patienten. Wenn die Zahl auf dem Automaten groß genug, und natürlich schwarz ist, wird sie automatisch immer größer. Da können die sich gar nicht gegen wehren. Ein toller Mathetrick, nicht wahr? Die freien Bürger brauchen auch nicht unbedingt an den Automaten. Für die ist Personal in der Bank. Die werden auch immer ganz freundlich mit Namen begrüßt und darauf aufmerksam gemacht, wenn die Zahl zu groß wird. Wahrscheinlich passt die dann nicht mehr in den Automaten und sie müssen so genannte 'Depots' anlegen. Das ist so eine Art Lagerhalle für große Zahlen. Da werden die aber trotzdem noch immer größer. Das ist sagenhaft, oder?

Wir Patienten haben natürlich kaum Kontakt zum Bankpersonal, weil wir uns nur im Dunkeln mit unserer Plastikkarte in den Vorraum mit dem Automaten trauen. Manchmal aber, wenn der Automat mal wieder die Karte gefressen hat, müssen wir auch beim Bankpersonal antanzen, aber eben nicht freiwillig. Dann sind die meist böse und sagen, man sei ja selbst schuld. Stimmt ja auch, ich weiß das.

Einmal hab ich mich getraut zu fragen, ob ich nicht ein paar schwarze Zahlen aus den vielen Depots für ein paar Wochen haben könnte. Da war aber der Ofen aus! Dann haben die mir mal gezeigt, wie viele Depots ich schon habe. Es gibt nämlich auch Depots für rote Zahlen, hättest du das gedacht? Nur bekommst du da nichts, sondern musst regelmäßig Strafe zahlen. Ich hätte das doch wissen müssen, hieß es, schließlich stünde doch alles auf dem Automaten und Briefe hätten sie auch schon ganz viele geschrieben.

Der wusste vielleicht nicht, dass es für manche Patienten nicht gut ist, wenn sie zu viele solche Briefe lesen. Deshalb werfen wir die meistens sofort weg. Dann bleiben wir ruhig. Ist schließlich auch besser für die Organisation, wenn wir ruhig bleiben. Ist ja schließlich kein echtes Geld.

■■

PATIENTENBUND AUF REISEN

Lieber Peter,

du unruhiger Geselle. Ich weiß ja nicht, wie du es geschafft hast, nicht in der Anstalt zu landen. Oder bist du drin? Leute wie dich spürt die Organisation doch sofort auf, du alter Aufwiegler. Mich jedenfalls hat es schon vor Jahren erwischt. Ist aber ganz nett hier, wenn man nur ruhig bleibt.

Vielleicht weißt du gar nicht, dass es eine Organisation gibt, die Rebellen in den offenen Vollzug lockt. Ja, wirklich! Das merkt keiner so richtig. Eines Tages kommt einem nur alles so komisch vor, natürlich nur, wenn man viel nachdenkt. Ich hab es durch pures Nachdenken geschnallt, dass ich in der Anstalt bin. Viele Patienten merken es nie!

Die Organisation macht das aber auch unglaublich geschickt. Alles scheint ganz normal, aber wenn du genug nachdenkst, erkennst du den Unterschied zum Bürgerleben. Dinge, an die sich Patienten trotz Dauerbehandlung vielleicht erinnern könnten, werden einfach imitiert. Die meisten wissen ja nach der Erstbehandlung sowieso nicht mehr, wie mal alles war. Danach hat man nur noch dichten Nebel im Kopf. Aber manchmal kommt so ein Kribbeln im Bauch, dass es da noch irgendwas gab.

Nun kennst du doch bestimmt diese Vereinigungen, die im freien Leben dafür sorgen sollen, dass es möglichst allen einigermaßen gut geht. Hier bei uns im Anstaltsfernsehen nennen sie das Gewerkschaft. Gibt es das wirklich? In der Anstalt könnte man es besser Patientenbund nennen. Was wir hier sehen, ist garantiert gestellt. Man merkt sofort, dass alle im Patientenbund entweder freie Bürger oder Schauspieler sind. Die spielen so gut, dass es wie echt ist.

Man sieht also im Anstaltsfernsehen, wie die freien Bürger zusammen in Sonderurlaub fahren, weil sie gute Arbeit geleistet haben. Das ist wirklich echt. Gute Arbeit bedeutet, dass sie wieder viele Arbeiter erwischt haben, die dann auch später in die Anstalt kommen. Die nehmen denen einfach die Arbeit im freien Leben weg, und Schwupps, ein paar Wochen später wollen die nur noch weg aus ihren teuren Wohnungen. Und was meinst du wohl, wo die landen?

Aber auch die Leiter vom Patientenbund dürfen tolle Reisen machen. Du hast bestimmt auch von den Reisen des Patientenbundes gehört, wo die in ferne

Länder fahren, wo viele nackige Frauen rumlaufen und alles total Spaß macht. Das ist auch echt, denn natürlich gehören die alle zum Personal der Organisation. Patienten hätten viel zu viel Angst vor solchen weiten Reisen.

Und wenn die mit anderen nackigen Frauen zusammen wären, gäbe es aber tierischen Ärger mit der Intensivgruppenfrau. Die weiß nämlich, wie schädlich das für Patienten ist, weil die dann unruhig werden. Du kannst dir gar nicht vorstellen, was das heißt, Ärger mit der Intensivgruppenfrau. Da wird die Therapie aber schnell zur Hölle.

Soweit ist ja alles klar. Aber jetzt wollen die uns im Anstaltsfernsehen unterjubeln, dass die Leiter vom Patientenbund für die Reisen bestraft werden können. Das ist natürlich totaler Unsinn, weil freie Bürger natürlich immer zusammenhalten. Außerdem tun die doch nur ihre Pflicht. Freie Bürger müssen nämlich sogar viele tolle Reisen machen und große Autos fahren. Die können gar nicht anders.

Manchmal erwisch ich meinen Jungbürger wie er so vor dem Fernseher murmelt: „Ich würde auch die Reise machen." Dann geh ich immer in meine Kammer und lache heimlich ganz viel. Natürlich würde er das auch so machen, der Jungbürger, muss er ja auch.

Wenn sich da mal ein echter Patient bei so einer Reise einschleicht, der vielleicht trotz Behandlung noch Mut hat, au weh. Der wird aber seines Lebens nicht mehr froh. Vielleicht schicken die den sogar im Winter in die Berge. Dann muss er den freien Bürgern wochenlang den Liftbügel hinhalten.

Klar, Strafe muss sein.

■■

NACHDENKER UND HÄUSERPLANER

Lieber Thomas,

mir geht es gerade gar nicht gut. Abgesehen davon, dass es Patienten in der Anstalt oft nicht so ganz gut geht, weil sie gerade eine Krise haben, macht uns manchmal auch das Anstaltsfernsehen zu schaffen. Das Problem für die Organisation ist eigentlich ein bekanntes. Jeder Patient hat eine eigene Vergangenheit und die ist trotz aller Psychotricks nicht immer zu kontrollieren.

Dann kommt es zu unkontrollierten Ausbrüchen. Schrecklich ist das und ich schäme mich auch immer, wenn es mit mir durchgeht. Ich weiß, dass dieser Brief mir viele Strafpunkte einbringen wird, vielleicht wird es sogar Auswirkungen auf mein Anstaltskonto haben. Aber nicht immer kann ich so ruhig bleiben, wie es sich gehört. Aber das ist Teil meines Krankheitsbildes. Deshalb bin ich ja in der Anstalt. Die Organisation wird schon wissen, wie sie darauf zu reagieren hat.

Das Ganze passierte so. Ich schaute nur etwas schlaues Anstaltsfernsehen. Ich gehöre ja zu den Patienten, die immer viel nachdenken. Für die gibt es speziell einen Anstaltssender, der für Nachdenker gemacht ist, damit wir ruhig bleiben. Heute habe ich eine Sendung gesehen, die wohl zur Beruhigung gedacht war, aber mich ganz unruhig gemacht hat. Ein Nachdenker und Bücherschreiber mit holländischem Namen beantwortete Fragen. Aber der sprach nicht so wie die holländische Zeichentrickente, also hollanddeutsch, sondern deutschdeutsch.

Mit solchen Sendungen will die Organisation zeigen, dass sie auch ein Herz für nachdenkende Patienten hat. Heute ist das aber mächtig daneben gegangen. Ich habe den deutschdeutsch sprechenden Holländer schon öfter gesehen und fast lieb gewonnen. Wenn er wie die Ente sprechen würde, wäre er natürlich noch sympathischer. Aber heute wurde ich ganz unruhig. Wir Patienten verstehen ja nicht alles, aber ich hatte von Anfang an das Gefühl, dass irgendetwas schief läuft. Dann wurde mir klar, dass er zum Personal gehört!

Es war nicht das, was er sagte, obwohl mir auch das sehr seltsam vorkam. Es war seine Brille! Eine Lesebrille. Lesebrillen sind ja zum Lesen da, und sie machen deshalb keinen Sinn, wenn man gar nicht lesen will oder kann. Bei einem Fernsehinterview macht es aber gar keinen Sinn eine Lesebrille zu tragen. Der

Nachdenker trug aber, wie eigentlich immer, eine Lesebrille. Da war mir plötzlich klar, was das bedeutete.

Es war eine geheime Drohung an uns Patienten. Es sollte sagen: „Was auch immer ihr denkt, ich könnte auf der Stelle anfangen zu lesen und den Unterschied zwischen Euch und mir noch größer machen!" Das hat mir mächtig Angst eingejagt. Du kennst ja vielleicht den Satz der Organisation 'Wissen ist Macht'. Der Nachdenker hat mit der Brille ganz deutlich gedroht, dass er seine Macht jederzeit vergrößern kann, während wir im Hamsterrad arbeiten müssen.

Ich war wie gelähmt, der gehört wahrscheinlich zum Personal der Organisation. Ich hätte es aber eigentlich wissen müssen.

Dann kam eine Sendung direkt danach. Normalerweise sollten Patienten nicht zu viel von diesen schlauen Sendungen sehen. Mein Therapeut hat mir auch schon davon abgeraten. Aber ich war wie gebannt. Ein schwerer Rückfall. Hoffentlich schicken die mich nicht in die Intensivabteilung.

In der nachfolgenden Sendung wurde es ganz unheimlich. Ich kann dir nicht sagen, wofür die Sendung gut sein sollte, aber es waren nur Professoren auf der Bühne. Oft viel das Wort 'Architektur', aber das spielt jetzt keine Rolle. Professoren auf der Bühne sind ein deutliches Signal für Patienten, dass die Organisation jetzt das Sagen hat. Es heißt: „Jetzt Obacht Patientenpack, hier geht es lang, aber hallo!" Auch im Publikum nur Personal. Woher ich das weiß? Fast alle hatten Lesebrillen auf, obwohl sie ja nur zuhören mussten!

Dann kamen die ersten zwei Professoren zu Wort. Ich kann dir sagen, meine Aura schmolz von knapp einem Meter auf wenige Zentimeter zusammen. Ich wäre fast kollabiert. Da ging es aber zur Sache. Personal aus 20 Jahrhunderten wurde zitiert. Architekten sind doch Häuserbauer, oder? Bisher dachte ich, dass die prima Gebäude planen, die uns erfreuen und machen, dass wir tolle Gefühle haben. Weit gefehlt! Architekten sind hauptsächlich Nachdenker, wusstest du das eigentlich?

Mir wurde ganz übel und ich war kurz davor, mich zu übergeben. Dann habe ich noch schnell den Brief geschrieben. Jetzt muss ich mich hinlegen und wieder beruhigen.

Alles wird gut.

■■

DIE SACHE MIT DER ZEIT

Lieber Werner,

du weißt doch was Zeit ist, oder? Ich wusste es ja bis vor kurzem nicht so genau. Jetzt hab ich mal nachgedacht und etwas dazu nachgelesen.

Da gibt es doch den berühmten Universumsnachdenker mit den strubbeligen Haaren und den lustigen Augen. Ich hab es ja nicht so mit Namen, du kennst das ja bei mir, ein Symptom meiner Krankheit. Deshalb bin ich ja auch in der Anstalt gelandet. Jedenfalls hat der herausgefunden, dass es gar keine Zeit gibt, oder so ähnlich. Der Wahnsinn, oder?

Nun kennt man das ja beim Wetter. Der eine friert, während der andere schwitzt. Alles ist relativ. Genauso ist das mit der Zeit. Absolut gibt es gar keine Zeit, aber man hat manchmal relativ viel Zeit oder relativ wenig Zeit. Ich arbeite zum Beispiel relativ viel und dabei vergeht relativ viel Zeit. Sie vergeht auch relativ langsam. Aber das täuscht. Die Organisation hat uns nämlich vorgerechnet, dass wir relativ sehr viel mehr Freizeit haben. Das wollen die natürlich ändern.

Ich habe aber zum Beispiel das Gefühl, dass die Zeit im Hamsterrad mehr ist, als die freie Zeit, in der ich beispielsweise über meine Kinder oder die roten Zahlen auf dem Geldautomaten nachdenken kann. Das nennt man gefühlte Zeit. Gefühlte Zeit vergeht auch eigentlich nicht, sondern die steht vollkommen still. Nur die Zeit auf der Uhr vergeht. Das ist schon sehr kompliziert und macht mir manchmal Kopfweh, noch dazu, wenn aus der Wüste das Wetter über die Berge schwappt.

Ich kann das aber mal an einem Beispiel erklären. Stell dir vor, mein Vorgesetzter im Hamsterrad fragt mich: „Haben Sie gleich mal etwas Zeit für eine dringend zu erledigende Arbeit?" Der sagt 'dringend zu erledigen', meint aber natürlich irgendeinen absoluten Scheiß, auf den du jetzt überhaupt keine Lust hast.

Jetzt denk mal nach; 'gleich' ist ja das Gegenteil 'gerade eben'. ‚Jetzt' gibt es ja sowieso nicht. Das erkennt man daran, dass es meist mit 'gleich' und 'gerade' zusammen verwendet wird, also: 'jetzt gleich' oder 'jetzt gerade'.

Da habe ich mir einen prima Trick ausgedacht. Ich antworte nämlich: „Jetzt gerade hatte ich noch Zeit, jetzt gleich aber nicht mehr." Da ist der Vorgesetzte aber verstört, weil da ja irgendwie Vergangenheit, Gegenwart und Zukunft völlig verschwimmen. So ist das mit der Zeit eben. Natürlich gibt es für so eine

Antwort Strafarbeiten, aber ich habe ja eh relativ viel Zeit im Hamsterrad.

Mein jüngerer Sohn hat das alles natürlich schon längst erkannt. Wenn ich mal in die Elternrolle schlüpfen darf, und dann so ganz streng sage: „Du machst deine Hausaufgaben sofort", guckt der nur belustigt und winkt ab.

„Ne, is klar, mach ich jetzt gleich." Da bin ich geschlagen, so trickst man mit Zeit. Der ist da bei dem Thema total ausgeschlafen, als Alien. Zeitreisen sind für den ja Alltag. Manchmal ist der da und trotzdem ganz weg vor seinem Computer. Dann ist er garantiert auf Zeitreise.

Gerade eben hatte ich noch Zeit, jetzt gleich aber nicht mehr. Alles nur Illusion, sag ich dir. Trotzdem muss ich jetzt gleich aufhören zu schreiben, weil ich sofort arbeiten muss. Über 'sofort' und 'später' sollten wir zukünftig noch einmal nachdenken. Oder gleichzeitig in einer anderen Dimension des Universums.

■■

EIN BÖSER TRAUM

Liebe Annegret,

heute Nacht hatte ich einen seltsamen Traum. Normalerweise liebe ich die Träume, weil sie ein wenig Freiheit bedeuten. Stell dir vor, ich konnte schon oft fliegen im Traum. So ganz ohne Flugzeug, einfach so. Abheben, Purzelbäume schlagen und ewig in der Luft bleiben. Da staunen die Traumpassanten aber nicht schlecht, sag ich dir. Es war immer fantastisch. Flugträume hatte ich aber schon lange nicht mehr.

Stattdessen dieser seltsame, ja sehr bedrohliche Traum. Ich befand mich auf einer Brücke. Eine hohe Brücke mit Bogenkonstruktion, die ein tiefes Tal überspannte. So eine Brücke, auf der man immer denkt, nur schnell hinüberzukommen. Wieder festen Boden unter den Füßen, das ist der sehnliche Wunsch. Ich stand genau in der Mitte der Brücke und schaute hinüber zu beiden Enden, wo festes Land sein musste. Aber die Enden waren zugemauert. Dicke, hohe Mauern.

Auf der einen Seite konnte man über der Mauer Baumwipfel erkennen. Es musste ein schöner, dichter Wald sein. Ich konnte mir vorstellen, wie schön es in diesem Wald sein musste. Vielleicht stand in diesem Wald auch ein Haus auf einer weiten Lichtung. Da mussten auch Rehe sein, die zur Äsung kommen. Ich glaubte fast Rauch aus dem Schornstein des Hauses erkennen zu können. Es musste sehr schön in diesem Haus sein.

Auf der anderen Seite stieg das Gelände zu einem Hügel an. Über der Mauer konnte man in der Ferne weiße Häuser auf der Anhöhe erkennen. Der Himmel darüber war strahlend blau, die Häuser waren im mediterranen Stil gebaut. Vielleicht hatten Sie Blick auf das Meer, das wohl auf der anderen Seite des Hügels war. Ich stellte mir vor, wie ich auf der Terrasse so eines Hauses stehen und auf das Meer schauen würde. Wunderbar, nicht?

Aber ich stand auf dieser blöden Brücke, genau in der Mitte und wollte unbedingt da weg. Deshalb schaute ich mal in das tiefe Tal herunter. Unten war ein Gewässer, vielleicht ein Fjord, der sich irgendwo mit dem Meer traf. Das Wasser sah frisch und klar aus und, die dunkle Farbe ließ darauf schließen, dass es sehr tief war. Daher kam ich auf die Idee, dass ich vielleicht fast unbeschadet da herunterspringen könnte. Ich war fast besessen von dem Gedanken in dieses frische, klare Wasser einzutauchen. Ich wollte so gern ein Fisch sein, in diesem wunderbaren Wasser.

Ich hatte schon den Entschluss gefasst, das Wagnis einzugehen, als mir jemand auf die Schulter tippte. Ein braungebrannter, junger Mann hielt mir die Gefahr des Sprungs vor Augen und beteuerte, dass ich es aber mit seiner Hilfe wagen könnte. Er müsste mich nur mit einem Seil sichern, das sei seine Aufgabe. Das schien mir ein faires Angebot und deshalb ging ich darauf ein. Der Mann band mir je ein Gummiseil um meine Fußgelenke und deutete mir an, dass ich jetzt gefahrlos springen könnte.

Auf dem Flug in die Tiefe kamen mir wieder die alten Flugträume in den Sinn und ich hatte keine Angst. Ich war ja zudem mit dem Seil gesichert. Ich freute mich, gleich in das klare Wasser eintauchen zu können, und eins zu werden, mit dem Element aus dem wir Menschen wohl einmal gekommen sind. Als ich kurz vor der Wasseroberfläche war, riss es furchtbar an meinen Fußgelenken und ich wurde wieder hoch geschleudert. Fast bis zur Höhe der Brücke zurück. Dann ging es wieder nach unten, dann wieder hoch. Meine Enttäuschung war groß, und ich wartete darauf, dass das Hin und Her irgendwann ein Ende haben, und man mich zumindest wieder auf die Brücke ziehen würde. Das war aber nicht so. Es ging immer weiter hoch und runter. Das war jetzt gar nicht mehr schön. Es war schrecklich, verstehst du, einfach schrecklich. Kannst du dir vorstellen, was so ein Traum wohl bedeutet?

Ich will es jetzt gar nicht mehr wissen.

INTERNET IM ANSTALTSNETZ

Lieber Mick,

vielleicht kannst du es nicht glauben, aber wir Patienten dürfen in der Anstalt Computer haben. Nun bedeutet 'haben dürfen' noch nicht, dass wir uns das auch leisten können. Aber ich habe mir einen vom Munde abgespart. Einen Computer muss man ja heutzutage haben. Das geht ja gar nicht mehr ohne.

Wir bekommen allerdings nur Computer in niedrigen Preisklassen. Dafür müssen wir ungefähr zwei Wochen im Hamsterrad arbeiten. Mittlere Dienstgrade vom Personal brauchen einen Tag, leitende Personaler ungefähr eine Stunde. Manager von Hamsterradbetrieben vielleicht 5 Minuten. Manchmal auch weniger.

Die nehmen den Stift vom Schreibtisch und können ihn gleich wieder weglegen, schon ist ein Computer verdient. Das finde ich total lustig. Vielleicht reicht auch schon der Gedanke jetzt den Stift anzufassen.

Da vergeht ja auch schon Zeit. Die werden nämlich nach vergehender Zeit bezahlt. Wenn die totalen Mist bauen, geht es noch schneller, weil sie dann eine hohe Abfindung bekommen. Toll, nicht?

Besonders gern schreibe ich Briefe auf dem Computer, weil man immer alles wieder löschen und von vorne anfangen kann, ohne Papier verbraucht zu haben. Die Briefe brauche ich ja nicht auszudrucken, weil die eh nicht ankommen.

Wir dürfen auch Internet haben. Kostet natürlich auch ein hübsches Sümmchen im Monat. Ob ich im Internet alles das sehen kann, was die Menschen außerhalb der Anstalt sehen, kann ich dir natürlich nicht sagen. Aber viele Internetseiten sind eindeutig für die Anstalt konzipiert. Wir haben zum Beispiel so genannte 'Online-Casinos' im Anstaltsnetz.

Da kannst du auch trotz roter Zahlen auf dem Bankautomaten spielen, weil es kein echtes Geld ist, womit gespielt wird. Das ist der Beweis für ein Anstaltsnetz. Auf dem Bildschirm erscheinen dann wilde Gesellen als Zeichentrickfigur. Die sehen total cool aus. Man muss natürlich vor seinem Computer auch total cool sein und so richtig cool zocken.

Diese Online-Casinos sind bei Patienten sehr beliebt. Viele können mittlerweile besser zocken, als ihren Job im Hamsterrad ausfüllen. Besonders die ohne Beschäftigungstherapie haben ja viel Zeit zum zocken. Für die ist das oft der Lebensmittelpunkt.

Für deren Intensivgruppe ist das natürlich ein Segen, weil sie sich nicht viel um ihren Patienten kümmern müssen, außer Bier und Zigaretten holen. Diese Patienten haben ihr Therapieziel eigentlich erreicht. Die waren aber auch vorher schon sehr ruhig. Sie werden nur nicht entlassen, weil man sie 'draußen' nicht mehr gebrauchen kann. Dauerpatient ohne Therapie, DOT, werden die hier genannt.

Bei diesen Patienten wird die Intensivgruppe öfter mal ausgetauscht, aber manchmal merken die das gar nicht mehr. Denen ist das doch egal, wer das Bier oder die Zigaretten holt. Hauptsache sie können zocken. Es gibt sogar Dauerpatienten, wo man die Intensivgruppe ganz abgezogen hat. Die brauchen gar nichts mehr, sind vollkommen bedürfnislos.

Das ist für die Organisation der Idealzustand. Wenn schon Patient, dann einer, der ganz wenig Kosten verursacht. Für die Organisation käme es teurer, wenn sie sich um so einen noch kümmern würde. Die sterben dann später leise und unauffällig in der Anstalt und werden irgendwo verscharrt.

■■

DREI ARTEN VON GLÜCK

Liebe Brigitte,

beste Grüße aus meiner Anstalt. Du musst keinen Schreck bekommen bei dem Wort 'Anstalt'. Ich kann mich hier relativ frei bewegen und mir geht es auch leidlich gut. Wir Patienten werden zwar knapp gehalten und überwacht, aber ansonsten ist fast alles wie im echten Leben. Ich bin ja jetzt schon seit vielen Jahren hier und es gibt Patienten, die sich mit der Situation abgefunden haben. Die empfinden das Anstaltsleben sogar als Glück.

Du weißt ja, was Glück ist, oder? Es gibt mehrere Arten von Glück. Wenn du zum Beispiel 100 Millionen im Lotto gewinnst, ist das natürlich Glück, aber eine spezielle Art von Glück. Ich nenne es mal 'Geldglück'. Die Organisation versucht uns das natürlich mit Hilfe der Therapeuten auszureden. Die sagen, dass es unglücklich macht, soviel Geld zu haben. Nun zweifle ich daran, was aber für meine Therapie ganz schlecht ist. Mir ist aufgefallen, dass die freien Bürger gar keinen unglücklichen Eindruck machen, obwohl sie viel Geld haben.

Die haben sich natürlich auch nicht immer ganz unter Kontrolle. Wenn du mit ihnen sprichst, machen sie natürlich auf unglücklich. Die viele Arbeit und die ganze Verantwortung, die tonnenschwer auf ihren Schultern liegt, und so weiter. Aber wenn sie im Luxusauto sitzen und zum Einkauf in die große Stadt fahren, dann haben die so ein seltsames Leuchten in den Augen. Das Leuchten sagt: „Mann bin ich froh, dass ich kein Patient bin!"

Jetzt gibt es aber noch andere Arten von Glück, außer Geldglück. Nämlich ein Gefühl, das ich 'Bauchglück' nenne. Bauchglück habe ich zum Beispiel dann, wenn ich mal auf einen Berg darf und eine tolle Aussicht bei schönem Wetter habe. Manchmal auch, wenn ich nur aufstehe und merke, dass die Intensivgruppe gut drauf ist, oder wenn ich Fußball gucken oder spielen darf.

Wenn mich einer beim Fußball umhaut, geht das natürlich wieder fließend in Unglück über. Fußball gehört ja zur Therapie und wird mit Therapeuten und anderen freien Bürgern zusammen gespielt. Natürlich werden Patienten überdurchschnittlich viel umgehauen. Das ist wie mit den Skiern am Lift, wenn sie dir dauernd darüber fahren. Aber so ist es nun einmal. Es gibt oben und unten, nicht wahr?

Die dritte Art von Glück nenn ich 'Kopfglück'. Das ist selten, kommt aber vor. Für Kopfglück muss man nicht besonders intelligent sein. Das ist sogar manchmal hinderlich, kann aber auch gut sein. Neulich strahlte mich eine alte Frau beim Lebensmitteldiscounter an und sagte einfach nur: „Gott hat dich lieb". Die hatte garantiert Kopfglück. Das Gegenteil von Kopfglück ist 'Hirnschwurbel'.

Das hab ich öfter mal. Stell dir vor, du möchtest jemandem die Hand geben, aber trittst ihm stattdessen vor das Schienbein. Es gibt so eine Krankheit, die heißt 'Apraxie'. Das Gleiche passiert im Kopf. Du willst gerade was ganz Tolles denken, aber im Gehirnzentrum kommt nur Müll an. Manchmal muss ich dann die ganzen falschen Wörter einfach hintereinander laut schreien, damit da wieder Ordnung reinkommt.

Am besten sind natürlich Geldglück, Bauchglück und Kopfglück zusammen. Das ist wie Weihnachten auf der Postkarte. Mit Schnee, Bergen, Pferdeschlitten, Pelzmänteln, glänzenden Kinderaugen, leckerem Essen und einem Genie im Schlitten, der einem gerade das gesamte Universum persönlich erklärt. Aber du merkst schon was, oder? Was ist falsch an dem Bild? Was ist total unrealistisch? Natürlich die Kinder! Die sitzen selbstverständlich nölend im Zimmer und wollen endlich Bescherung haben, damit sie sich auf die Kartons mit den Videospielen stürzen können.

Daran siehst du, wie schwierig es ist, alle drei Glücks-
arten zusammen zu bekommen. Aber ich denke es
geht, oder? Die Organisation behauptet natürlich,
dass es nicht geht. Das sagen die aber, damit wir ruhig bleiben. Patienten, die nach Glück streben, werden meist unruhig. Besonders unruhig macht das
Streben nach Geldglück und das hasst die Organisation wie die Pest. Geld ist nämlich für freie Bürger außerhalb der Anstalt reserviert. Wir in der Anstalt haben ja nur Zahlen auf dem Bankautomaten.

Bei Patienten sind sie in der Regel rot.

■■

ROUTINE MIT SORGENBRIEFEN

Lieber Eckard,

na, du alter Holzwurzelquäler. Kennst du Sorgenbriefe? Bei uns in der Anstalt gehören Sorgenbriefe zur Therapie. Wir bekommen regelmäßig welche. Die Organisation beobachtet dann sehr genau, wie wir darauf reagieren. Schlecht ist, wenn du ganz hysterisch sofort beim Absender anrufst und irgendwas vom wilden Pferd erzählst. Gut ist, wenn du ruhig bleibst.

Ich habe viel gelernt hier in der Anstalt. Ich weiß genau, was die von mir sehen wollen und so bekommen sie es auch. Aber damit du besser verstehst, was ich meine, will ich dir mal ein paar Beispiele geben. Die Sorgenbriefe sind in 3 Kategorien mit unterschiedlichem Schweregrad eingeteilt:

Kleine Sorgenbriefe, Schweregrad 1
Heftige Sorgenbriefe, Schweregrad 2
Horrorbriefe, Schweregrad 3.

Je höher der Schweregrad, desto ruhiger musst du sein. Das gibt Pluspunkte.

Nun das Beispiel eines kleinen Sorgenbriefes: „Leider können wir Ihnen nicht garantieren, dass ihr Sohn das Ende des Schuljahres noch erreicht. Damit haben Sie in der Vaterrolle komplett versagt. Sie sollten sich schämen!"

Da musst du total cool bleiben. Das ist nur ein Test! Die Kinder sind ja größtenteils Aliens und fliegen irgendwann sowieso zurück in ihre Heimatgalaxie. Alles nur Panikmache. Ich weiß das, weil ich viel nachdenke. Andere Patienten werden ganz hysterisch und gehen gar nicht mehr aus dem Haus, oder rufen sogar den Lehrer an, um rumzuschleimen. Die sagen dann: „Zu Hause kann der alles, der ist nur aufgeregt bei den Klassenarbeiten", und so einen Scheiß. Das ist hyperfalsch!

Nun ein heftiger Sorgenbrief: „Leider müssen wir Ihnen mitteilen, dass Sie ab sofort kein Geld mehr für Ihre Arbeit erwarten können, weil der Abteilungsleiter mit der Kohle abgehauen ist. Die noch ausstehenden 5 Monatslöhne können Sie auch in den Wind schießen."

Ja gut, das ist schon heftiger, oder? Meistens ist das aber nicht so schlimm, weil du eh schon auf dem Zahnfleisch gehst und es einfach nicht weiter nach unten gehen kann. Wer schon auf dem Meeresgrund weilt, braucht ja keine Angst mehr vor dem Ertrinken zu haben. Also ganz ruhig bleiben; wenn es geht, sogar lachen. Das gibt etliche Pluspunkte in der Therapiebewertung.

Jetzt die Superprüfung, Schweregrad 3. So einen Sorgenbrief hab ich noch nie gekriegt, aber schon von gehört: „Räumen Sie sofort Ihre Anstaltswohnung! Sie haben 48 Stunden Zeit, um die Bude besenrein zu verlassen. Ihre Intensivgruppe wird mit sofortiger Wirkung abgezogen. Alle Plastikkarten zum Einkaufen sind schon gesperrt. Heulen Sie nicht rum und melden sich morgen bei der Organisation zur Einweisung in den Anstaltsbunker und Antritt der verschärften Therapie mit Dauerfernsehen von Kultursendern."

Der Horror, denkst du? Nicht für den routinierten Anstaltsfuchs! Der erkennt nämlich sofort die Vorzüge: keine Miete mehr, keinen Ärger mit dem Bankautomaten oder der Intensivgruppe, Autoernährung, kostenloses Fernsehen. Das hättest du jetzt nicht gedacht, oder? Jetzt kann man nur noch einwenden, dass Kultursender der Horror sind. Aber der Anstaltsfuchs weiß ja, dass es Mittel und Wege gibt, du verstehst? Er ist ja nicht der einzige Anstaltsfuchs im Bunker. Da sind auch gelernte Techniker dabei, wenn du weißt, was ich meine.

Deshalb bleibt der Anstaltsfuchs auch bei solchen Briefen extrem ruhig. Solltest du mal in eine Anstalt kommen, werden dir die Tipps sicherlich sehr helfen

– wenn Sie dir dann noch einfallen, denn das ist eigentlich das größte Problem der Patienten – das Gedächtnis!

■■

ALKOHOL UND NEBENWIRKUNGEN

Lieber Tomislav,

du weißt ja, was Alkohol ist, oder? Die Wirkung von Alkohol hängt bekanntermaßen stark von der Menge ab, die man zu sich nimmt. Erst macht er ruhig, dann lustig, später Hirnschwurbel. Was danach passiert, hängt sehr vom Menschentyp ab.

Bei jedem Menschen ist das Gehirn von Geburt an verschieden. Ich kann das jetzt nicht so genau erklären, aber eigentlich ist es wie beim Computer. Es gibt Hardware, also das ganze Elektronikzeugs, das in China gemacht wird, und Software, die meistens in Amerika gemacht wird. Die macht ein Alien, der Gatter oder so ähnlich heißt.

Die Hardware entspricht dem Glibber, aus dem das Gehirn hergestellt wird. Die Software entspricht dem Menschentyp, also wie der tickt. Die verschiedenen Menschentypen heißen beispielsweise Windows, Linux oder Mac. Also jetzt nicht echt, sondern nur zur

Verdeutlichung. Der Linuxtyp eignet sich hervorragend zum Patienten, weil er in einem Land erfunden wurde, wo ganz wenig Sonne scheint und auch viel im Dunkeln nachgedacht wird.

Jetzt wirkt Alkohol auf diese Typen in der Endphase unterschiedlich. Der Mactyp ist oft bei freien Bürgern anzutreffen und schläft einfach ein, weil sein Gehirn sehr stromlinienförmig arbeitet. Dem fällt nach ruhig, lustig und Hirnschwurbel einfach nicht ein, was da noch kommen könnte. Also schläft er schlicht ein. Sehr vielen von den Mactypen fällt schon nach lustig nichts mehr ein. Sie erreichen die Hirnschwurbelstufe gar nicht.

'Lustig' bedeutet bei Mactypen auch was anderes als beispielsweise beim Linuxtypen. Mactypen kichern oft nur über albernes Zeugs, während Linuxtypen so richtig die Sau rauslassen. Die tanzen und singen zum Akkordeon, oder machen sich lustig über Frauen her, nur zum Tanzen. Manche Mactypen trinken nie Alkohol, was eigentlich kaum vorstellbar ist. Die erreichen nicht die Lustigstufe. Die sind andauernd normalnichtlustig.

Der Linuxtyp erreicht mindestens die Hirnschwurbelstufe mit Verlust der Muttersprache. Das hindert ihn aber nicht daran, weiter zu brabbeln und sich in unglaublichen Denkschleifen zu verfangen. Das kann sehr kompliziertes Zeug sein, aber leider versteht es keiner. Er selbst meistens auch nicht. Das kommt irgendwie aus dem Universum. Vielleicht sind Linuxtypen ja Mensch gewordene Aliens. Wer weiß das schon so genau?

Interessant und am weitesten verbreitet ist der Windowstyp. Da gibt es unzählige Abarten. Der Windowstyp ist im normalen Leben eher unauffällig. Er ist in allen Schichten anzutreffen, kann Patient, Personaler oder Neutrino sein. Neutrinos sind weder Personal noch Patient, aber sie werden immer weniger.

Bei Neutrino-Windowstypen kommt sehr oft auch Schlafen nach Hirnschwurbel. Manchmal ist auch Weinen mit Sehnsucht nach der Mutti anzutreffen, oder sie weinen über sich selbst. Ich habe keine Ahnung, warum die das machen. Der Personaler-Windowstyp wird unglaublich scharf auf Frauen. Der kann seltsamerweise auch noch alles, zum Beispiel sprechen, trotz Hirnschwurbel. Wenn der dann keine Frau kriegt, wird er manchmal sehr unappetitlich. Er beleidigt andere Menschen, die er gar nicht kennt, oder er geht nach Hause und hört sich Symphonien an.

Ein Patienten-Windowstyp kann nach der Hirnschwurbelstufe sehr gefährlich werden. Er neigt dann zum Programm 'Abrissbirne'. Die Organisation weiß das, deshalb hat man auch Vorsorge getroffen. Patienten werden schon durch die Preisgestaltung und die Nebenwirkungen auf bestimmte Alkoholgetränke gelenkt. Am leichtesten geht Bier. Da gibt es billige

Sorten, die trotzdem schmecken und auch nachher kein Kopfweh machen. Die Hirnschwurbelstufe nur mit Bier zu erreichen ist sehr schwer.

Anders bei Wein. Da ist ja mehr Alkohol enthalten. Beim Wein sind die Patientengetränke schon äußerlich erkennbar. Entweder sie befinden sich in Riesenflaschen oder Pappkartons. Damit Patienten nicht zu viel davon trinken, bekommst du schon beim Trinken Kopfweh.

Clever gemacht, nicht wahr?.

ÜBER ZEITSCHLEIFEN

Lieber Thomas,

kennst du Zeitschleifen? Das ist ein sehr kompliziertes Thema. Es hat sehr viel mit der Art des Universums, aber auch mit dem Leben in der Anstalt zu tun. Ich gerate sehr oft in Zeitschleifen, deshalb habe ich da einmal darüber nachgedacht. Besonders quält mich natürlich die Frage nach dem ‚Warum'.

Bevor ich versuche diese Frage zu beantworten, will ich dir ein paar Beispiele für Zeitschleifen geben, in die ich immer wieder gerate. Zunächst die große Zeitschleife.

Die große Zeitschleife hat mit Jahren oder gar Jahrzehnten zu tun. Sie beginnt mit einer tollen Idee. Die Idee scheint zunächst brandneu, und zumindest von mir noch nie vorher gedacht zu sein. Wenn so eine Idee plötzlich im Gehirn auftaucht, habe ich ein Supergefühl. Kennst du das Gefühl, dass die ganze Welt dir zu Füßen liegt? Jetzt nicht wirklich, nur so vom Gefühl her. Ich muss dann sofort damit anfangen, die

Idee zu verwirklichen, also irgend etwas machen, damit ich die Idee auch selbst richtig sehen kann.

Nur die Idee zu haben, reicht mir nicht. Ich muss die dann auch noch sehen können. Bis dahin ist alles ganz prima. Aber schon beim 'sichtbar machen', weiß ich manchmal nicht mehr, ob das wirklich die Idee war. Das ist schwer zu erklären, aber irgendwie war die unsichtbare Idee immer schöner, als das, was ich dann entstehen sehe. Die Krise wird noch größer, wenn ich denke, dass ich jetzt alles von der Idee sichtbar gemacht habe. Das sieht nämlich oft ganz anders aus, als ich es mir vorgestellt habe.

Noch schlimmer wird es, wenn ich es dann jemandem zeige. Der sagt dann zum Beispiel: „Wo ist denn da die Idee?" Dann versuche ich mich noch mal an die eigentliche Idee zu erinnern, aber die ist weg. Kannst du dir vorstellen, wie furchtbar das ist? Und jetzt kommt die Zeitschleife ins Spiel. Plötzlich fällt mir auf, dass das ja alles schon einmal passiert ist. Im schlimmsten Fall fällt mir auf, dass sich ganze Jahre wiederholen, je nach Größe der Idee und der Zeit, die ich zum sichtbar machen brauchte. Das ist die große Zeitschleife, einfach schrecklich.

Die kleine Zeitschleife kommt natürlich wesentlich häufiger vor. Eigentlich jede Woche. Ein ganz einfaches Beispiel ist der Alltag. Du wachst auf und denkst dir: „Prima, so ein neuer Tag! Heute mach ich aber mal einen Supertag daraus!" Das Gefühl reicht oft nicht mal bis zum Zähneputzen. Spätestens, wenn du im Hamsterrad zum Arbeitsantritt erscheinst, ist das Gefühl aber so was von weg! Stattdessen kommt unweigerlich das Zeitschleifengefühl. Das ist aber nur ein Gefühl und noch keine echte Zeitschleife.

Die echte, kleine Zeitschleife erkennst du daran, dass auf dem Kalender Zeit vergangen ist, die mit Sicherheit nicht wirklich vergangen ist. Nimm zum Beispiel Geburtstage. Die hast du natürlich fein säuberlich notiert, damit du auch pünktlich zum Glückwunsch bereit bist. Einen Tag vorher bist du auch sicher: „Diesmal pack ich es!"

Flötenpiepen! 3 Tage später willst du den Glückwunsch voller Begeisterung loslassen, aber auf dem Kalender steht ein ganz anderes Datum. Dann fängt das Grübeln an. Was hab ich denn in den 3 Tagen gemacht? Es müsste doch irgendetwas Zählbares in den 3 Tagen herausgekommen sein. Aber es lacht dich nur das blanke Nichts an. Jetzt kommen wir zum 'Warum'.

Ich habe also nachgedacht und erkannt, dass die kleine Zeitschleife sozusagen ein Kind der großen Zeitschleife ist. Man denkt nämlich die ganze Zeit panisch darüber nach, dass das ganze Leben aus großen Zeitschleifen besteht. Dieses Nachdenken ist nicht kontrollierbar. Es vergeht unheimlich viel Zeit dabei. Natürlich nur auf dem Kalender, denn Zeit gibt es ja eigentlich im Universum gar nicht. Und mit diesem Nachdenken über große Zeitschleifen bist du mitten drin in der kleinen Zeitschleife.

Das ist nicht schön, oder? Hier in der Anstalt werden uns Therapien angeboten. Sport machen, spazieren gehen, mit der Intensivgruppe ins Museum gehen oder Freunde besuchen. Morgen habe ich zum Beispiel einen Sporttermin, auf den ich mich schon sehr freue. Oder war der bereits gestern?

Irgendwie macht mich das unruhig. Wo ist denn nur der Kalender? Ich muss ihn suchen und deshalb jetzt schließen.

■■

SCHWARZE LÖCHER

Lieber Dirk,

du weißt doch bestimmt, was schwarze Löcher sind, oder? Die im Universum. Die Sonnen brennen ja nicht ewig und dann werden sie zu roten Riesen, weißen Zwergen, schwarzen Zwergen, Neutronensternen oder eben schwarzen Löchern. Sehen kann man die leider auch mit ganz starken Ferngläsern nicht.

Die haben soviel Masse auf kleinstem Raum, dass sie enorme Schwerkraft und Gezeitenkräfte haben. Die verschlingen alles in ihrer Nähe und geben nichts mehr her, auch kein Licht. Deshalb kann man sie auch nicht sehen. Nun könnte man meinen, dass man schwuppdiwupp verschwunden ist, wenn man einem schwarzen Loch zu nahe kommt.

Flötenpiepen, mein Lieber! Da gibt es nämlich noch diese unglaubliche Erfindung des Universums, dass die Zeit sich mit steigender Schwerkraft ausdehnt. Je größer die Schwerkraft, desto langsamer vergeht die Zeit, bis zum Stillstand. Nun könnte man denken:

„Super so ein schwarzes Loch, da geh ich mal hin, lass mich einfangen und habe das ewige Leben. Je näher ich dem Zentrum komme, desto langsamer vergeht die Zeit, bis zum Stillstand."

Da hast du aber die Rechnung ohne den Wirt gemacht! Denn deine biologische Zeit vergeht für dich selbst nämlich genauso schnell wie vorher. Du stirbst einfach auf dem unendlichen Weg zum Zentrum, zum Beispiel an Fettleber. Nur die anderen, die dich beobachten, sagen vielleicht: „Schau dir den Dirk an, da ist er nun schon 40 Jahre auf dem Weg zum Zentrum des schwarzen Lochs und immer noch super in Schuss." Wenn sie dich sehen könnten, natürlich. Können sie aber nicht.

Nun kommt mir dieser Effekt bekannt vor. Wenn ich täglich zum Hamsterrad gehe, ist das ja wie eine Reise zu einem schwarzen Loch. Die Zeit vergeht immer langsamer und man wartet darauf, dass man irgendwann endlich aufschlägt und der Spuk zu Ende ist. Man weiß zwar nicht, was dann kommt, nur ein Ende soll es haben.

Aber ein Tag nach dem anderen vergeht und es passiert einfach nichts. Aufstehen, Zähneputzen, ab zur Arbeitsstelle, malochen, Feierabend, Anstaltsfernsehen, schlafen gehen. Und das immer wieder.

Du denkst, dass nichts passiert. Wenn du aber in den Spiegel schaust, merkst du, dass da immer mehr Falten im Gesicht sind. Auch die Treppen kommst du nicht mehr so leicht hoch, und wenn du Alkohol trinkst, erreichst du immer früher die Hirnschwurbelstufe.

Die Jungbürger verlassen die Wohnung, der Hund stirbt, die Intensivgruppenfrau wird abgezogen und irgendwann sitzt du allein am Frühstückstisch. Nur zum Hamsterrad darfst du schön weiter gehen. Das ist die Schwerkraft der Arbeit, die die Zeit unendlich dehnen kann. Wenn das immer so weiter ginge, könnte man ja wenigstens sagen: „Na gut, ist nicht der Brüller dieses Leben, aber wenigstens unendlich". Da aber ist die biologische Uhr vor. Die lässt dich einfach sterben, wenn es soweit ist.

Zum Beispiel an Fettleber oder auch Herzkasper. Warum das so eingerichtet ist, weiß ich auch nicht. Irgendwer wird sich schon was dabei gedacht haben. Und dieses Mal ist die Organisation unschuldig.

Sterben muss nämlich jeder, auch freie Bürger.

■■

VOM DSCHUNGELCAMP

Liebe Gabi,

ich hab eine verrückte Sendung im Anstaltsfernsehen angeschaut, oder war es freies Fernsehen? Ich kann das als Patient nicht genau entscheiden, aber diese Sendung sah sehr nach Anstaltsfernsehen aus. Die war nämlich entsprechend absurd und eine Geheimbotschaft an Patienten war auch noch darin versteckt.

Das Ganze spielt im Dschungel und wird von einer Blondine und einem kleinen dicken Mann mit Tropenhelm moderiert. Die Kandidaten müssen Prüfungen bestehen, wie wir Patienten das ja auch täglich müssen. Aber die kriegen Geld für die Prüfungen, wir nicht. Das ist der Unterschied zum Anstaltsleben.

Jetzt musste da ein Mann in mittleren Jahren eine Prüfung bestehen. Der macht das wohl, weil ihm vielleicht die Einweisung in die Anstalt droht, oder er will noch mehr Geld haben. Keine Ahnung. Jedenfalls bekam der eine Skibrille aufgesetzt und sah damit total bescheuert aus. Aber das war noch nicht die Prüfung.

Mit der Skibrille musste er in eine dunkle Höhle und sich dann von Ratten blutig beißen lassen. Das hat der tatsächlich gemacht und bekam auch Geld dafür. Vorher haben die anderen Kandidaten entschieden, dass er die nächste Prüfung machen muss. Wahrscheinlich wussten sie nicht, dass es soviel Kohle dafür gab, sonst hätten sie sich selbst um die Prüfung gerissen. Die finden nämlich Geld supergeil.

Im übertragenen Sinn müssen wir Patienten uns täglich von Ratten blutig beißen lassen. Wenn du zum Beispiel im Hamsterrad nicht richtig spurst, beißt der Abteilungsleiter kurz mal deine Seele ein wenig blutig. Der sagt dann beispielsweise: „Na, wieder das Hirn zu Hause gelassen, oder haben Sie grundsätzlich nur einen Hohlraum im Kopf?" Das tut mir natürlich weh, weil ich doch in Wirklichkeit ein ganz großer Nachdenker bin und viel mehr weiß als der.

Der weiß zum Beispiel nicht, was weiße Zwerge sind und wie die funktionieren. Meist schwafelt der nur dummes Zeug, aber das finden die Gruppenleiter ganz toll und lachen auch über den blödesten Witz laut und andauernd. Wenn ein Patient mal einen Witz erzählt, verstehen Leiter den in der Regel gar nicht.

Jetzt sagt uns Patienten die Geheimbotschaft aus der Dschungelprüfung, dass es sich durchaus lohnen kann, wenn man sich blutig beißen lässt. Wir sollen dann denken, dass das jedem einmal passieren kann, auch berühmten freien Bürgern, die man 'Stars' nennt. Aber bei uns bleiben die roten Zahlen auf dem Bankautomaten nach jeder Prüfung gleich rot.

Nun heißt ja Star auf deutsch 'Sonne', und die bläht sich wegen Überfressens zu einem roten Riesen auf, bekommt Verdauungsbeschwerden, platzt und wird zu einem weißen Zwerg. In größerer Entfernung ist sie dann nicht mehr zu sehen. Vielleicht wird sie auch zu einem schwarzen Zwerg. Den sieht man gar nicht mehr, auch aus der Nähe nicht. Schwarze Zwerge senden kein Licht mehr aus. Und das ist für einen Star das Schlimmste, was ihm passieren kann. Dann ist der reif für die Anstalt.

Ich kann dir sagen, dass wir mit diesen Mitpatienten nicht gerade zimperlich umgehen. Wenn einer wegen Aufruhr oder normalem Lebensversagen eingeliefert wird, ist er einer von uns. Aber auf verglühte Stars, die sich früher unablässig Energie aus dem Universum gezogen und jetzt mit Brennen aufgehört haben, und nur noch jammern, sind wir nicht gut zu sprechen.

Richtige Freunde haben die in der Regel keine mehr, es sei denn, sie schwören vom Starsein ab und benehmen sich ab sofort wie normale Patienten, ruhig und geduldig. Geplatzte Sonnen sind genauso wenig sichtbar wie Patienten.

■■

ANSTALTSWETTER

Liebe Annemarie,

heute ist so ein Tag, den man nur schwer beschreiben kann. Es ist Anstaltwetter. Der Himmel ist grau und es ist regnerisch. In den Bergen fällt Schnee. Dort oben machen die freien Bürger Winterurlaub. Sie fahren Ski und sind lustig. Die Patienten fahren nicht Ski und sind nicht lustig.

An normalen Tagen schauen Patienten als Ausgleich Sport im Anstaltsfernsehen oder gehen mit der Intensivgruppe spazieren. Manche haben auch Ideen und wollen Pobitu werden. Das macht sie eine Zeit lang aufgekratzt und sie schmieden großartige Pläne. Die Pläne sind natürlich alle für die Tonne, weil eh später alles schief geht. Aber das wissen sie zu diesem Zeitpunkt noch nicht.

Wenn aber Anstaltwetter ist, fällt keinem Patienten etwas ein. Wenn er Glück hat, ruft ein Therapeut an und fragt, wie es der Intensivgruppe geht. Wie es dem Patienten geht, interessiert ihn an diesen Tagen auch nicht besonders. Der ist nämlich sauer, dass er gerade keinen Winterurlaub hat und erst in einem Monat den nächsten Urlaub gebucht hat.

Natürlich steht die Zeit an Anstaltwettertagen grundsätzlich still. Man steht auf und geht wieder schlafen. Dazwischen ist nichts, absolut gar nichts. Auch keine Gefühlsregung, völlig tote Hose. Es ist, als hätte dir jemand das Hirn herausgenommen und mal kurz zur Seite gelegt, bis morgen. Manchmal schaust du noch nach der Fernbedienung für den Fernseher, aber die ist dann meistens auch nicht sofort zu finden. Liegt wahrscheinlich unter dem Sofakissen. Um da hinzugehen, hast du aber gar keine Energie.

Mit letzter Kraft erreichst du vielleicht noch das Bett und schläfst im besten Fall sofort ein. An solchen Tagen natürlich traumlos. Manchmal schaust du aber auch stundenlang an die Decke. Aber da ist auch nichts Besonderes zu finden.

Ich versuche dann ein Buch zu lesen, im Bett. Das ist eigentlich keine schlechte Idee, um den Tag herumzukriegen. Ich beuge mich über den Bettrand und will das Buch vom Nachtschränkchen nehmen. Aber an Anstaltwettertagen liegt da grundsätzlich kein Buch, weil man es gestern gerade ausgelesen hat. Was darin stand, habe ich natürlich vergessen. Wie sollte es auch anders sein, mit abgeschaltetem Hirn.

Im nächsten Moment habe ich auch schon vergessen, was ich eigentlich wollte und wundere mich nur über

meine seltsame Haltung, so über den Bettrand ge-
beugt. Dann leg ich mich wieder normal hin und
schaue an die Decke. Die sieht immer noch genauso
langweilig wie vorher aus.

Das sind so Tage, die nur sehr schwer zu beschreiben
sind.

■■

DER MIGRATIONSKOCH

Lieber Rolf,

lange nicht gesehen, was? Ich muss dir mal was Wichtiges schreiben. Leider wirst du den Brief nie bekommen, weil er von der Anstaltsleitung abgefangen wird, haha. Ich bin ja wohl einer der Wenigen hier, die das wissen, weil ich so viel nachdenke. Aber die lassen mich machen, ich bin ansonsten auch ganz ruhig.

Hier im Anstaltsfernsehen, das ich jeden Abend wegen der lustigen Sendungen gern anschaue, haben die jetzt ganz aufregende Sachen gezeigt. Wahrscheinlich aus 'gegebenem Anlass'. Also, wenn jetzt jemand aus der Anstalt abhauen will, in die große Stadt, wird er von Ausländern schon in der U-Bahn totgemacht. Ja, wirklich, ich hab das selbst gesehen. Die haben es jede Stunde mehrfach gezeigt, immer wieder.

Jetzt ist das bei uns so. Hier leben auch viele Ausländer in der Anstalt, aber die sind alle ganz lieb. Manchmal sagt höchstens mal einer: „Hey, was guckst du?", oder so was harmloses. Das sind aber immer Patienten und wenn ich mich dann auch als Patient zu erkennen gebe, ist alles total gut. Dann beschützen die dich sogar vor wild gewordenen Ureinwohnern.

Gestern war eine Sendung über dieses Thema im Anstaltsfernsehen, die mich doch wieder sehr verwirrt hat. Die war eindeutig extra für Patienten produziert. Weil ich mir alles so schlecht merken kann, habe ich mir einen Redner mit einer Eselsbrücke gemerkt. Das war der Migrationskoch, von kochen und Migration, super die Eselsbrücke, nicht?

Der hat gesagt, dass man wohl mal jetzt den Ausländern ordentlich die Meinung geigen muss. Die anderen Redner habe ich vergessen. Das beweist, dass Migrationskoch der Gerissenste ist. Vielleicht nicht der Beste, aber der Gerissenste. Einer der Redner geht mit Ausländern aufs Hochseil und die werden dabei von deutschen Frauen gesichert. Das macht die dann ganz ruhig. Scheint mir eine prima Idee zu sein.

Vielleicht fehlt denen ja auch eine Moschee, Teestube oder eine Beschäftigungstherapie, wie wir sie haben, damit sie ruhiger werden. Auf jeden Fall ist mir eingefallen, dass ich ja auch früher mal in großen Auslandsstädten war. In einigen hat man uns im Hotel geraten, abends nicht allein rauszugehen, weil man sonst von Ausländern totgemacht wird. Das hat mich konfus gemacht, weil ich doch im Ausland der Ausländer bin, oder? Also hätte ich doch Inländer totmachen müssen, aber ich hatte doch gar keinen Anlass dazu.

Oder nimm zum Beispiel Hitler oder Amerika. Hitler war ja Ausländer und hat im Nochmehrausland Inländer und andere Ausländer totgemacht. Das ist doch total kompliziert, das würde ich schon aus dem Grund nicht machen. Stell dir mal vor, wie lange du über so eine Konstellation nachdenken musst. Amerika wiederum macht Ausländer im Inland und umgekehrt tot. Oder muss es heißen Inländer im Ausland und umgekehrt? Oder Inländer im Inland und Ausländer im Ausland?

Jetzt sagt ja Migrationskoch, man müsste auch differenzieren. Er meint wahrscheinlich zwischen Muslimausländern, Ostausländern, Westausländern, Südausländern, Reichausländern, Armausländern und so. Das wäre mir aber zu kompliziert. Stell dir vor, Europa wird irgendwann mal ein Land, dann kannst du wieder von vorne anfangen. Besser und weltweit tauglich finde ich die Differenzierung zwischen Idioten und Nichtidioten. Dann kann man noch weiter gruppieren in bösartig und lieb.

Das reicht doch, oder?

POBITU ALS SCHEINUNTERNEHMER

Lieber Stephan,

du weißt ja, was ein Unternehmer ist, oder? Das sind in der Regel freie Bürger, die echtes Geld haben und mit einer Idee, man sagt auch 'Geschäft', noch mehr Geld verdienen. Echte Unternehmer können nie Pleite gehen. Wenn du einmal davon hörst, dass ein Unternehmer echt Pleite gegangen ist, dann ist das auf jeden Fall ein 'Pobitu'.

Ein Pobitu ist ein Patient ohne Beschäftigung in therapeutischer Unternehmerfunktion. Das sind also in Wirklichkeit Patienten der Anstalt. Diese Patienten sind als schwer therapierbar eingestuft, weil Sie immer wieder eigene Geschäftsideen entwickeln. Geschäftsideen zu Geld zu machen ist aber Sache der freien Bürger, da haben die den Daumen drauf.

Nun ist so ein unruhiger Patient schlecht für das Anstaltsklima, deshalb lockt man ihn in ein Pobitu-Dasein. Da hat der dann das Gefühl, dass er so richtig die Sau rauslassen kann und ist erst einmal eine Weile ruhig gestellt. Jetzt braucht man natürlich für so ein Geschäft am Anfang Geld. Patienten haben aber kein Geld. Das ist natürlich superdoof. Also muss die Organisation sich einen Trick einfallen lassen.

Man tut so, als gäbe die Bank dem Pobitu echtes Geld, damit er sein Geschäft aufbauen kann. In Wirklichkeit gibt man ihm nur zeitweise schwarze Zahlen auf seinem Automaten und baut gleichzeitig ein Depot für rote Zahlen auf, wo die Zahlen ständig größer werden, vollautomatisch. Die schwarzen Zahlen werden natürlich schnell kleiner, weil der Pobitu viel zu dämlich für ein echtes Geschäft ist.

Einen echten Unternehmer kann man schon von klein auf erkennen. Das erste Wort eines Neutrinos ist meistens 'Mama', das eines Unternehmerbabys 'Geld'. Auch im Kindergarten fallen die Unternehmerkinder auf, weil ihre Puppen „Goldmarie" und die Teddys „Dagobert" und nicht „Flocke „oder „Knut" heißen.

Nun hast du vielleicht schon einmal gehört, dass auch echte Unternehmer Pleite gehen können. Aber bei denen hat das eine andere Bedeutung als beim Pobitu in der Anstalt. Wenn ein Pobitu Pleite geht, was ja vorprogrammiert ist, dann hat der aber nichts mehr zu lachen. Da kommen sofort Männer mit Ausweisen, die ihm die Bude erst mal leer räumen, anschließend folgt Spießrutenlaufen durch die Anstalt und Verlust der Anstaltswohnung. Interessanterweise darf er den Fernseher behalten.

Der Automat mit den zeitweise schwarzen Zahlen wird geschlossen, die Plastikkarte ist eh schon vom Automaten gefressen worden. Zur Strafe wird dann noch die Zahl auf dem Rotezahlendepot erhöht. Das Rotezahlendepot wird natürlich nicht geschlossen und sorgt langfristig dafür, dass der ehemalige Pobitu endgültig die Schnauze voll hat. Meistens werden das dann vorbildliche Patienten. Die haben keine Ideen mehr und verhalten sich in der Regel fortan ruhig. Einige machen Selbstmord, was aber keinen so richtig interessiert.

Wenn ein echter Unternehmer mit echtem Geld Pleite geht, ist das nicht so schlimm, weil echtes Geld ja nicht verschwindet, sondern nur in andere Taschen wandert. Natürlich in die Taschen anderer freien Bürger. Deshalb lachen alle freien Bürger nur über eine Milliarde vergeigten Geldes und sagen dann zum Beispiel: „Da hast du dich aber schwer verzockt, mein Lieber. Beim nächsten Mal die richtige Karte spielen". Bei denen hat nämlich Unternehmersein viel mit Spielen zu tun.

Dann sagt die Organisation meistens: „Schwamm drüber", und sie gibt ihm neues Spielgeld, vielleicht dieses Mal nur 100 Millionen für den Anfang. Natürlich ist es echtes Geld, wird aber von einem Unternehmerurgestein nur als Spielgeld angesehen. Deshalb kauft er sich auch erst mal ein paar neue Spielsachen, wie Boote und teure Autos von dem frischen Geld.

Erst danach sucht er eine neue Geschäftsidee. Natürlich hat er gar keine eigenen Ideen. Dann bedient er sich im Ideenverzeichnis der ehemaligen Pobitus.

Da siehst du wieder, dass eigentlich alles ein sinnvoller Kreislauf ist, oder?

■■

FARBEN UND WAHLAUSSAGEN

Liebe Irmgard,

du wirst es ja nicht glauben, aber wir Patienten dürfen in der Anstalt auch wählen. Jetzt nicht in echt, aber sonst mit allem Zipp und Zapp. Natürlich ist es in der Anstalt nur Kasperletheater. Um uns bei Laune zu halten, haben wir jetzt 6 Parteien, statt vorher 5.

Vorher waren es 2 große, 2 kleine und eine Partei, die seltsamerweise 'Andere' heißt. Die bekommen aber nur manchmal mehr als 5 % der Stimmen. Meistens, wenn irgendein Ausländer vorher einen Inländer totgemacht hat, was aber glücklicherweise selten vorkommt. Die 'Anderen' müssen wohl so was wie Rächer oder so sein.

Damit wir Patienten klarkommen, haben die anderen 4 unterschiedliche Farben. Schwarz, Rot, Gelb und Grün. Die konnte man immer prima nach seiner Lieblingsfarbe wählen, wenn sie dabei war. Es scheint aber so zu sein, dass viele Leute andere Lieblingsfarben haben, wie zum Beispiel blau. Die gehen natürlich nicht wählen. Wen denn auch?

Jetzt haben sie noch eine Partei ins Rennen geschickt. Da ist aber ganz schön was schief gelaufen, sag ich dir. Wahrscheinlich war der Wahldirektor besoffen, denn der neuen Partei hat er auch die Farbe Rot gegeben. So was kann Patienten natürlich aus der Bahn werfen. Die werden dann total unruhig und wissen gar nicht mehr, was sie wählen sollen. Dann bleiben sei auch schön zu Hause, obwohl vielleicht Rot die Lieblingsfarbe ist.

Um das Durcheinander etwas abzumildern, hat bei der aktuellen Wahl dann noch jede Partei eine so genannte 'Aussage'. Die Schwarzen wollen dieses Mal die Stimmen der Anderen-Partei, also der Rächer noch dazu haben und haben deshalb die Aussage: „Ausländische Inländerumhauer raus!" Die großen Roten wollen: „Hellrotere Zahlen auf Patientenbankautomaten!" Die Gelben haben ein ganz einfallsloses Programm: „Wir machen immer dasselbe wie die Schwarzen" und die Grünen, wie immer: „Strom aus Blumen!"

Die kleinen Roten mussten sich ja jetzt etwas einfallen lassen. Und da haben sie sich auch prompt übernommen. Die wollen nämlich: „Geld der freien Bürger auf Patientenbankautomaten!" Das hat die normalen Parteien aber ganz schön geschüttelt, sag ich dir. Deshalb haben die von Anfang an so getan, als wenn es die gar nicht gäbe. Natürlich ist das die Vorlage überhaupt für Patienten. Wer von den Patienten nicht gerade eine andere Lieblingsfarbe als Rot hat, muss die ja eigentlich wählen, oder?

Die nachdenkenden Patienten macht das natürlich unruhig, weil sie zur Strafe schlechteres Essen oder Spießrutenlaufen befürchten, wenn die kleinen Roten zu viele Stimmen bekommen. Zum Glück sind auf den Wahlzetteln weder Farbe noch Aussage abgedruckt. Deshalb machen die meisten Patienten ihr Kreuz immer ganz oben.

Das ist eine sichere Nummer, weil oben immer gut ist. Ich bin schon gespannt, wie die lustige Wahl ausgeht.

.

■■

DIE DANKREDE

Liebe Ursula,

die Anstaltswahlen sind vorbei und ich habe mir mal eine Dankesrede ausgedacht:

„Lieber Patient, zunächst einmal möchte ich mich bei dir bedanken, wenn du mich gewählt hast, sonst nicht. Bedanken möchte ich mich auch bei den vielen Helfern, die bei Wind und Wetter, ohne Kohle zu bekommen, unsere Zettel verteilt haben. Warum die das machen, weiß ich nicht, aber sie werden ihre Gründe haben.

Auch möchte ich mich bei den Freunden bedanken, die mich in meinem Wahlkampf unterstützt haben. Ich wusste gar nicht, dass ich so viele Freunde habe. Jetzt nach der Wahl sind es aber wahrscheinlich deutlich weniger geworden.

Wie nicht anders zu erwarten war, haben wir die Wahl gewonnen. Leider können wir trotzdem nicht alle Posten untereinander verschachern, sondern müssen mit anderen Parteien teilen. Das ist bitter! Wenn die mir zu blöd kommen, trete ich zurück.

Es ist bedauerlich, dass einige Patienten unsere Aussage nicht verstanden haben und daher falsch gewählt haben. Ich weiß jetzt nach der Wahl zwar nicht mehr genau, was die Aussage war, aber sie war gut. Vielleicht müssen wir bei der nächsten Wahl Aussagen vermeiden und mehr Geschenke an die Patienten verteilen. Ich denke da an Heizdecken und Topfsets.

Dieses Mal hat auch das Fernsehen nicht so richtig mitgespielt. Ich hätte gut und gerne doppelt so viele Talkshows machen können. Da wurde ich aber nicht reingelassen, obwohl ich so oft wie möglich ungefragt vor der Studiotür stand.

Ich sah gut aus, war gekämmt und hatte prima Sprüche auf Lager, wie zum Beispiel: „Die Menschen da draußen erwarten, dass wir Ihre Sorgen ernst nehmen. Wir wollen hart daran arbeiten, dass die in Zukunft nicht weniger werden." Wenn ich Glück gehabt hätte, wäre mir noch irgendwo ein Kind vor die Pfoten gelaufen, das ich getätschelt hätte. Eine alte Oma in den Arm nehmen ist auch gut.

Unser Wahlkampf war klasse, hat aber einen gewissen Brechreiz in mir hinterlassen. Den Patienten wird es ähnlich ergangen sein. Schwamm drüber, ein paar Jahre Ruhe und Abkassieren wird die Nerven wieder beruhigen. Ich möchte aber nicht versäumen, meinem politischen Gegner – wie heißt die Schlampe doch gleich – meinen Respekt zu erweisen.

Die hat zwar keine Ahnung von echter Politik, mir aber trotzdem viele Prozente abgejagt, das Luder. Ich bin mir nicht sicher, ob ich diesen Scheißladen von Anstalt eigentlich noch regieren will. Es war alles so anstrengend und jetzt hab ich auch noch den Faden verloren. Ich trink jetzt erst mal prima viel Alkohol und will erst mal keinen mehr sehen, wo ist mein Dienstwagen?"

So oder ähnlich, liebe Ursula. Gibt es so was wohl in echt?

■■

DAS PARLAMENT

Lieber Tonio,

ich habe eine neue Lieblingssendung. Die heißt 'Spaß im Parlament' oder so ähnlich. Die Sendung spielt nur in diesem Parlament. Dort treffen sich so genannte Abgeordnete und reden sehr viel. Inwieweit die Organisation dahinter steckt, habe ich noch nicht herausgefunden.

Jedenfalls könnte man jetzt vielleicht meinen, das wäre total langweilig. Ist es oft auch, aber manchmal auch nicht. Man kann zum Beispiel prima die Pinguine beobachten, wie sie hin und her gehen durch das Parlament. Die schleichen immer supercool durch den Saal und gehen mal zu dem einen Abgeordneten dann wieder raus, kommen wieder rein und gehen zum nächsten Abgeordneten.

Entweder sie sagen ihm etwas ins Ohr, zum Beispiel Fußballergebnisse, oder sie bringen auch mal ein Glas Wasser oder Doppelkorn vorbei. Das kann man im Fernsehen nicht unterscheiden, sieht ja gleich aus. Wenn der jetzt danach zufällig redet, der gerade das

Glas ausgetrunken hat, dann merkst du es natürlich. Der mit dem Doppelkorn ist weitaus lustiger.

Es gibt auch Frauen im Parlament. Manche versuchen wie Männer auszusehen und schaffen es auch. Nur die Stimme ist höher, beim Reden. Der Chefabgeordnete hat eine Glocke, die er ab und zu mal läutet, wenn Tumult im Saal ist.

Tumult ist nicht oft, nur wenn ein Abgeordneter zum Beispiel eine Abgeordnetin als Frau beleidigt hat. Dann sind aber nicht die anderen Frauen stellvertretend als Frauen beleidigt, sondern die Partei der Beleidigten. Die Frauen aus der Beleidigerpartei finden die Beleidigung in Ordnung.

So richtig spannend ist es im Parlament nur selten. Trotzdem ist die Zuschauertribüne immer gut besetzt, weil Schulklassen dazu gezwungen werden, sich die Vorstellung anzusehen. Eigentlich gibt es nur 3 Anlässe bei denen es unten im Saal und auf der Tribüne voll ist. Entweder es gibt eine Abstimmung, wo jede Stimme wichtig ist, oder aber es ist 'Tag der Abrechnung'. Dann gehen die Abgeordneten aufeinander los und beleidigen sich, was das Zeug hält. Dann hat die Glocke viel zu tun.

Der dritte Anlass hat immer etwas mit großer Zerknirschung zu tun. Dann ist das Parlament mit Blumenkübeln geschmückt und vorne sitzt ein Streichorchester. Das Streichorchester spielt ganz langsame Lieder und die Abgeordneten sind völlig fertig. Das sieht man denen auch an. Meistens ist dann entweder einer von ihnen gestorben, oder es ist ein Gedenktag, an dem früher mal ganz viele gestorben sind.

Wenn ein Abgeordneter stirbt, ändert sich schlagartig die Meinung über ihn. Zumindest bei den anderen Abgeordneten. Die finden dann, dass der immer gute Sachen gesagt hat und wenigstens Gutes wollte, auch wenn es mal daneben gegangen ist.

Wenn ein Patient stirbt, sorgt der Pfarrer dafür, dass ein paar gekaufte Trauergäste am Anstaltsgrab stehen. Vielleicht ist noch die Mutter da, oder Geschwister, wenn er Glück hat.

Bei Beerdigungen von Patienten regnet es grundsätz-lich wie aus Eimern. Ich werde traurig und muss jetzt aufhören.

■■

BUNTSCHATTENSEHER

Lieber Klaus,

weißt du, was ein Buntschatten ist? Ich habe das gestern gehört und darüber nachgedacht. Du kennst ja die normalen schwarzen Schatten. Licht fällt auf einen Gegenstand und dahinter wird es dunkel. Beim Buntschatten ist es aber hinter dem Gegenstand bunt. Toll nicht? Buntschatten kann aber nicht jeder sehen, weil es keinen Sinn macht.

Das Licht macht ja den Gegenstand, den es beleuchtet erst bunt. Ohne Licht keine Farben. Du hast bestimmt schon einmal bemerkt, dass es nachts keine Farben gibt, wenn es wirklich sehr dunkel ist. Also ist das Licht dafür zuständig, dass dein Pullover grün aussieht, nicht der Pullover selbst. Wenn also das Licht den Pullover grün gemacht hat, ist seine Aufgabe erfüllt. Was hinter dem Pullover ist, interessiert das Licht nicht mehr. Deshalb bleibt es dahinter unbunt.

Nun ist das so und wir beide wissen das auch. Deshalb verlangen wir auch nicht, dass der Schatten auch noch bunt sein muss. Es wäre sogar belastend für uns, wenn der jetzt auch noch bunt wäre. Das lenkt nämlich von wichtigen Dingen ab. Zum Beispiel von dem Auto, das gerade auf uns zufährt.

Jetzt gibt es aber Menschen, die sind da gar nicht mit einverstanden. Sie wissen nämlich, dass es unter anderen Umständen an der Stelle des Schattens auch bunt ist. Vielleicht haben sie die Stelle schon einmal bunt gesehen. Das macht sie natürlich unruhig. Wir Patienten wissen ja sehr gut, was es heißt, unruhig zu sein. Deshalb sagen wir einfach: „Schatten gleich unbunt, basta!" Das macht uns ruhig.

Die Buntschattenseher schaffen das aber nicht, bleiben unruhig und werden dann Patienten – Spezialpatienten. Wir kommen mit denen ziemlich gut klar, weil wir ein wenig wissen, wie sich das anfühlt. Die Nachdenkerpatienten machen ja auch immer mehr als für sie gut ist. Arbeiten, lernen oder basteln, bis der Arzt kommt.

Dabei interessiert es in der Regel keine Sau, was dabei herauskommt. Zum Beispiel der Petersdom im Maßstab 1:10 aus Streichhölzern gebaut. Erfolgreicher sind Furzkissen oder Nagellackentferner.

Wenn du die Anstalt vermeiden willst, solltest du nicht zu viel Leidenschaft in Projekte investieren. Mach was mit nackigen Frauen, das kommt bei Männern gut an und schont das Hirn. Für Frauen kannst du eine Zeitschrift über Stars machen. Es kann ruhig das Gleiche drinstehen, wie in den anderen 150 Star-

Zeitschriften. Es werden trotzdem alle gekauft. Vielleicht kannst du ja die Geschichten etwas abwandeln. Wenn zum Beispiel in der Einen steht, der Star hätte seine Frau mit der Faust geschlagen, leg eins drauf und behaupte er hätte sie mit der Stehlampe verprügelt.

Ob das wahr ist, interessiert in der normalen Welt niemanden. Wahrheit ist etwas für Patienten und Buntschattenseher. Gestern wäre ich fast in die Falle getappt. Ich habe ja mal gelesen, dass es Milliarden von Sonnen gibt und gestern war eine sternenklare Nacht. Da war ich kurzzeitig versucht nachzuzählen. Ich musste dann herzhaft über mich selbst lachen. Ja, so sind wir Patienten.

Die richtige Einstellung habe ich heute bei einem Anstaltskandidaten im Fernsehen gefunden. Kurz vor der Reise zur Anstalt hat der noch die Kurve gekriegt und ist nach Spanien abgehauen. Dabei war sein Motto: „Wenn schon Scheiße, dann mit Sonne!" So könnte es gehen, klapt aber leider nicht immer.

■■

OPERNBALL IM HIMMEL

Liebe Rita,

ich weiß ja, dass du tot bist, aber das ist einfach dein Thema: Die Oper. Nun kann man eine Oper komponieren, aufführen oder anhören - denkt man. Man kann aber noch was anderes, nämlich einen Opernball veranstalten. Das macht jedes große Opernhaus einmal im Jahr und der bekannteste davon ist der Wiener Opernball.

Der war gerade wieder und ich hab ihn mir im Anstaltsfernsehen angeschaut, teilweise. Das Wichtigste beim Opernball ist nicht die Musik, sondern es sind die Gäste, insbesondere die Frauen und Ihre Kleider. Frauen sind ja sowieso schon etwas kritischer in Bezug auf Kleidung als Männer, aber bei der Auswahl eines Kleides für den Opernball kennen die keinen Spaß mehr.

Es gibt einen theoretischen Supergau bei der Auswahl des Kleides, nämlich dass eine andere Frau das gleiche Kleid bestellt hat. Ja, bestellt, denn niemals würde eine Opernballfrau ein Kleid anziehen, das sie bereits hat. Völlig undenkbar, außerhalb jeglichen weiblichen Opernballgastvorstellungsvermögens. Dadurch ergibt sich eine böse Falle namens Spionage.

Irgendwann musst du dich ja entscheiden und das Kleid beim Schneider in Auftrag geben. Das hat selbstredend einer der angesagtesten Modedesigner der Welt entworfen. Um zu vermeiden, dass da was durchsickert, musst du natürlich gut was auf den Kaufpreis drauflegen um den Schneider bei Laune zu halten. Da können schon mal nette Sümmchen zusammenkommen. Das zahlt aber sowieso der Gatte, seines Zeichens leitender Personaler oder von Natur aus reich.

Die Geldvorräte der bekanntesten männlichen Opernballgäste sind unerschöpflich. Da gibt es zum Beispiel einen Dauergast namens 'Mörtel'. Dem reicht eine Frau nicht, deshalb lädt er immer noch eine dazu ein. Der ist da nicht wählerisch, Hauptsache man redet darüber. Das ist nach den Kleidern das Zweitwichtigste beim Opernball, das Gerede. Wenn sich niemand über irgendwas das Maul zerreißt, war der Opernball ein totaler Reinfall.

Am besten kommst du als Frau auf dem Opernball ins Gerede, wenn du Nackttänzerin bist. Oder dein Kleid wurde von einem angeblich genialen aber heruntergekommenen Designer aus der Mongolei erfunden. Natürlich sollte man das auch irgendwie sehen können! Mit 'schön' kommst du da nicht weit. Die diesjährige Skandalnudel war Nackttänzerin und zusätzlich noch Gast von Mörtel. Damit hat sie natürlich automatisch die Kleiderfrage thematisch verdrängt. Dass sie sich schon ziemlich früh auf dem Klo eingeschlossen hat, machte die Sache aber erst richtig rund.

So was macht für die Veranstalter den Ball zu einer gelungenen Angelegenheit. Dass auch noch etliche aalglatte Prominentenbälger in das Geldkarussell eingeführt wurden, ist dabei eher nebensächlich. Insgesamt komme ich zu dem Schluss, dass so ein Opernball genau mein Ding ist.

Ich spare ab sofort für den obligatorischen Frack. Kostet ja nur 6.000 Euros, hält dafür aber ziemlich lange. Wenn ich es mal kurz überschlage, habe ich die Kohle mit 71 zusammen. Das ist das beste Opernballalter. Ich würde dich dann glatt mitnehmen.

Gibt es im Himmel auch einen Opernball? Ich wünsche es dir von ganzem Herzen.

■■

KARNEVAL FÜR PATIENTEN

Lieber Matthias,

du alter Jeck. Na, schon de rote Näs aufjepappt? Ich bereite mich ja auch gerade intensiv auf eine Karnevalsparty vor. Normalerweise bedeutet Karneval, hier eher Fasching genannt, für Patienten lediglich eine Extraportion ‚Bliersheimer Treppensturz'. Aus therapeutischem Anlass bin ich aber heute auf eine echte Party eingeladen.

Nun dürfen wir Patienten da nicht einfach hingehen und doof rumhängen, sondern müssen auch die therapeutischen Übungen mitmachen. Also nix am Tisch sitzen und dumm rumquatschen: „Ich bin ja eigentlich kein Karnevalstyp, wissen Sie. Ich meine, man will ja kein Spielverderber sein, aber normalerweise liege ich lieber mit einem guten Rotwein am Kamin und lese Goethe!"

Das geht gar nicht. Ein wenig Aufwand muss sein, deshalb habe ich schon mal die Sonnenbrille herausgeholt, obwohl abends doch gar keine Sonne scheint, schräg, was? Wenn ich jetzt kein Patient wäre und Zugang zu den guten Getränken hätte, könnte ich jetzt auch schon mal ein Gläschen Sekt verkasematuckeln. 'Vorglühen' nennen das die Profis. Wir hatten ja einen kleinen Vorbereitungskurs mit unserem Kreistherapeuten, damit wir kein Desaster auslösen. Oft werden Patienten bei solchen Partys schon vor Mitternacht aussortiert. Ich erspare dir Einzelheiten.

Also Alkohol ist vor der Party für Patienten tabu. Da bleibt nur die Musikanlage als festliche Einstimmung übrig. Wer jetzt nicht mindestens die CD-Reihe 'Karnevalsraketen Vol. 1-4' sein eigen nennt, ist aber blöd angeschmiert. Die CD 'Karneval der Tiere' ist für diesen Moment NICHT geeignet!

Ein Spiegel muss noch her, die Sonnenbrille auf und irgendein lustiges Kleidungsstück angezogen. Dann 'Es steht ein Pferd auf dem Flur' auflegen. Volumenregler auf 9 bis 10, je nach Körperstatur des Nachbarn. Abtanzen und sich selbst dabei beobachten – lachen! Das ist eine gute Vorbereitung. Natürlich muss man vor dem Auftritt auf der echten Party wieder runterschalten.

Dort angekommen, gilt dann erst mal 'Pegelsaufen in ruhiger Atmo'. Das steht so in unserem Handbuch aber ich kann mich nicht mehr richtig erinnern, wie das genau geht. Vielleicht fang ich dieses Mal mit 'Essen am kalten Büfett' an und werde dann langsam witzig, indem ich lustige Filme zitiere. Aber nee, das geht glaube ich auch nicht.

Jetzt werde ich schon wieder total nervös. Manche glauben ja so eine Karnevalsparty wäre der Kracher schlechthin, aber ich habe schreckliche Angst davor. Kann ich die Karte nicht vielleicht verkaufen? Was soll das überhaupt für eine Therapie sein? Wir sollen doch ruhig werden, oder?

„He, du blöde Organisation, was soll das?" Ich glaub ich geh einfach schlafen. Vielleicht ist das wieder nur so ein bescheuerter Test.

■■

PARTY OHNE ALKOHOL

Lieber Clemens,

jetzt hätte ich doch fast aus purer Gewohnheit gefragt: „Du weißt doch, was Alkohol ist, oder?"

Ich könnte mich totlachen, wenn ich näher darüber nachdenke. So eine Frage an dich!!! Ich kann nicht mehr, ich mach mir gleich in die Hosen.

Ich kann mich noch erinnern, dass Oma mehrfach erzählt hat, wie sie dich im Krankenhaus besucht hat und dir Blumen mitgebracht hat. Du hast dann gesagt: „Scheiß auf die Blumen, bring mir lieber ne Flasche Schnaps!" Und das, obwohl du ja eigentlich gar keinen Tropfen Alkohol mehr trinken durftest.

Du hattest doch auch so etwas wie Fettleber, nur jetzt nicht vom Essen, oder? Übrigens dein Wunsch: „Ich wünsche mir, dass ihr euch auf meiner Beerdigung alle 'nen nassen Arsch holt", ist voll in Erfüllung gegangen. Es hat wie aus Eimern gegossen. Es regnet eigentlich immer bei Patientenbeerdigungen, wusstest du das schon?

Nun wollte ich ja eigentlich von der Karnevalsparty erzählen. Du hast dir ja nie viel aus Feiern gemacht. Warum auch, wenn man Manns genug ist, auch allein prima saufen zu können. Schade nur, dass es dir so auf die Leber geschlagen ist. Ich selbst habe dein Talent ja leider nicht geerbt. Aber zurück zur Party.

Zuerst wollte ich gar nicht mehr hingehen, so nervös, wie ich war. Aber dann habe ich mich doch getraut. Die Intensivgruppe hat über Karneval frei, sodass man schon Einiges allein durchziehen muss. Also Kostüm an und mutig hin. Ich war etwas spät und offensichtlich hatten einige Gäste schon sehr intensiv vorgeglüht.

Die hauen dir dann auf die Schulter und sagen zum Beispiel: „Na du alter Arsch!" Jetzt wäre so mancher beleidigt, der Karneval nicht versteht, aber natürlich haben wir in der Vorbereitung gelernt, dass: „Grüß dich, du alte Kackbratze", die richtige Erwiderung ist. Danach ist die Stimmung super. Schon am Anfang der Party werden dir viele Gläser mit Alkohol hingehalten. Da musst du höllisch wachsam sein, sonst gehörst du zu denen, die frühzeitig aussortiert werden.

Natürlich musst du diplomatisch vorgehen, und kannst nicht einfach sagen, dass du keinen Alkohol trinkst. Das wäre der absolute Stimmungstod. Gut ist beispielsweise der Satz: „Geh mir weg mit der Kinderplörre, ich hol mir mal was Ordentliches, das mir den Kuckuck raushaut!" Das geht aber nicht lange gut, weil du natürlich genau beobachtet wirst. Wenn es dir dann einfach nie den Kuckuck raushaut, kommst du unter Verdacht.

Ich bin dann auf die Tanzfläche und habe getanzt wie ein Derwisch, stundenlang. Das war gut, weil wild Tanzen normalerweise ein Zeichen für ausreichenden Pegelstand ist. Am Tag danach habe ich erst mal keinen getroffen aber einen Tag später fanden alle meinen Auftritt gelungen. Da hieß es dann: „Du hast ja getanzt wie ein Wilder, da hat´s dir wohl ordentlich den Kuckuck rausgehauen, oder?"

Ich bin jetzt froh, dass Karneval bald vorüber ist. Die Profis machen natürlich noch 2-3 Parties, für die ist das Ehrensache.

■■

ÄRZTE UND ORDEN

Liebe Simone,

hast du eigentlich einen Orden? Es gibt da ja mehrere Varianten. Die wirklich Wichtigen verleiht der Versammlungsälteste der Organisation. Wenn ein Anstaltsleiter beispielsweise mehr als 30 Jahre die Patienten ruhig halten konnte, bekommt er dafür einen hohen Orden. Der Orden wird sogar aufs Grab gelegt, also nach dem Tod natürlich.

Karnevalsorden sind ja jetzt im Vergleich dazu nicht so wichtig, aber die bekommen dieselben Leute. Das ist sozusagen die lustige Variante des ernsten Ordens. Erst 30 Jahre die Patienten in Schach halten, dann auch noch den lustigen Orden abkassieren – wider den tierischen Ernst. Natürlich muss der Ordensträger auch mal lachen können, wenn ein Büttenredner den dann bei der Lobhudelei etwas anrempelt. Das gehört dazu.

Büttenredner sind die Spaßmacher in der Tonne auf der Bühne. Die sehen aus wie Clowns oder abgerissene Patienten, sind aber in Wirklichkeit hohe Finanzbeamte oder Direktoren. Patienten sind auch auf der Bühne, in Form von Funkenmariechen. Manchmal werden die nach so lustigen Veranstaltungen auch mal von Ordensträgern geschwängert. Das nennt man im Karneval 'Spass anne Freud'. 'Spass' hat dabei nichts mit 'Spaß' zu tun!

Jetzt ist ja bald Aschermittwoch und man kann auch wieder zum Zahnarzt gehen. Während des Karnevals haben die anderweitig zu tun. Es soll allerdings auch schon Ärzte geben, die direkt in der Anstalt vom Personal zum Patienten gewechselt sind. Die waren wohl ungeeignet für den Beruf. Vielleicht zu viel Gewissen.

Gewissen ist jedenfalls superschlecht, wenn du es zu etwas bringen willst. Solange du noch nicht in der Anstalt bist, solltest du dir auf keinen Fall Filme aus armen afrikanischen Ländern anschauen, wo Kinder verhungern und so. Man weiß nie, wann so ein Gewissen zuschlägt. Da hat es schon Ärzte gegeben, die das trotz vieler Patenschaften bei Kinderhilfsorganisationen nicht mehr ausgehalten haben.

Die sind dann zum Beispiel nach Afrika gegangen und haben da ohne Bezahlung behandelt. Da schaudert es natürlich jeden echten Arzt.

Glücklicherweise sind solche Filme während der Karnevalszeit im Anstaltsfernsehen verboten. Aber jetzt kommt eine blöde Zeit, da wieder alles ganz normal ist. Dann kommen auch wieder diese Filme und ich muss traurig werden. Aber da können sich die Kinder auch nichts für kaufen. Arme Kinder gibt es auch in Brasilien und sogar in unserer Anstalt.

Manche munkeln sogar, dass es die mittlerweile überall gibt. Glaubst du das? Ich kann es mir sehr gut vorstellen.

■■

ARZTPROTEST

Lieber Alfons,

gibt es in Dubai eigentlich auch Anstalten für unruhige Zeitgenossen? Ich befürchte es fast. Normalerweise bekommen wir Patienten ja nicht so viel von der Welt mit, aber jetzt scheint da irgendwas schief zu laufen, weil uns neuerdings unsere Ärzte seltsame Briefe schreiben. Jetzt kein Scheiß, in echt. Bei diesem musste ich nur ein paar Geheimwörter durch die richtigen Begriffe ersetzen.

„Liebe Patientinnen, liebe Patienten,

den Anstaltsveröffentlichungen der letzten Tage und Wochen haben Sie sicherlich die Protestaktionen der Anstaltsärzte entnommen. Diese Proteste richten sich nicht gegen Ihre Versorgung. Selbstverständlich werden und wollen wir Sie weiter betreuen wie bisher. Wir fordern die Organisation und die Krankenkassen auf, sich ihrer sozialen Verantwortung bewusst zu werden und dafür zu sorgen, dass den Patienten die hausärztliche Versorgung erhalten bleibt. Unter den Rahmenbedingungen, welche die Sozialpolitiker der

Organisation uns Hausärzten bieten, wollen die jungen Kollegen nicht mehr arbeiten. Der Nachwuchs bleibt aus!

Geht es nach der Organisation, werden unsere Hausarztpraxen durch Call-Center, Case-Manager und medizinische Versorgungszentren von Kapitalgesellschaften ersetzt. Es sind Ihre Versichertenbeiträge, die in die Taschen der Aktionäre fließen. Wurden Sie gefragt, ob Sie das wollen? Die Organisation hat es bisher unterlassen Sie, die Bürger über diesen Umbau unseres Gesundheitssystems zu informieren. Ihre Hausärzte kämpfen gegen diese Amerikanisierung unseres solidarischen Gesundheitssystems. Fragen Sie Ihren Abgeordneten, was er dazu zu sagen hat."

Das macht doch einen Patienten unruhig, oder? Ich dachte immer die Ärzte werden von der Organisation gut bezahlt. Kann man sich denn auf gar nichts mehr verlassen? Lustig finde ich ja den Hinweis, dass unsere Versichertenbeiträge in die Taschen der Aktionäre fließen. Ja wo sollen sie denn sonst hinfließen? Das wissen wir doch schon lange.

Danach wird es ja noch lustiger. Ob wir gefragt wurden? Seit wann werden denn Patienten gefragt, wo ihr Verdientes hinfließen soll, und welche Abgeordneten sind denn hier gemeint. Seit wann haben Patienten denn Abgeordnete? Und was ist mit Information gemeint, das Anstaltsfernsehen etwa?

Du siehst mich verwirrt. Dabei sollen wir uns doch hier in der Anstalt erholen. Die sollen lieber die Fernsehserie mit dem tollen Hund wiederholen. Rintintin, oder so ähnlich hieß der. Oder Lassie, Fury, Flipper.

Ich ruf nur Flipper, Flipper, bald wird er kommen. Wir lieben ihn, den treuen Delphin. Wo hab ich denn nur die alte Single hingetan? Ich brauch jetzt dringend Entspannung.

Vielleicht ruf ich mal den Therapeuten an, oder ich schau mir ein altes Video der Schwarzwaldklinik an.

■■

KINDERSEELEN AUF WANDERUNG

Lieber Jochen,

jetzt bin ich doch glatt erkrankt und habe ein paar Briefe nicht rechtzeitig geschrieben. Ich hoffe du bist nicht böse, wenn ich den Brief ein paar Tage später schreibe.

Manchmal sagt meine Intensivgruppenfrau, ich müsse das doch nicht sklavisch einhalten mit den Briefen. Aber da irrt sie. Ist wohl nicht richtig informiert. Natürlich muss ich.

Ich möchte dir etwas über Eisbären erzählen.

Jetzt wirst du denken, dass ich doch nichts über Eisbären wissen kann, wo ich noch gar keinen in echt gesehen habe. Aber ich habe schon Eisbären im Zoo gesehen, da dürfen wir manchmal hin, in Begleitung. Ist ja auch sehr gut für die Therapie. Die sind ja auch eingesperrt. Ist dir schon mal aufgefallen, dass die Tiere im Käfig immer ganz nervös auf und ab gehen? Und, fällt dir was auf? Nervös, unruhig!

Das sind die gleichen Symptome, wie bei uns Patienten. Nun gehe ich natürlich nicht mehr nervös auf und ab. Ich habe mich ja beruhigt. Aber ich verstehe die Tiere. Eigentlich möchten sie ja so ganz cool durch die Savanne streifen, kilometerweit. Natürlich nicht die Eisbären, eher die Raubkatzen. Für Eisbären ist die Savanne aus Eis.

Es ist doch seltsam, warum die sich so eine kalte Gegend ausgesucht haben, oder? Möchtest du dein ganzes Leben auf dem Eis verbringen, wenn du nicht gerade Eiskunstläufer bist? Ich nicht. Da bin ich froh, dass ich meine geheizte Anstaltswohnung habe. Aber zurück zu den Eisbären. Im Moment sind Babyeisbären im Anstaltsfernsehen total angesagt. Da schmelzen die Kinderherzen nur so hin. Klar, dass die Organisation da Kapital draus schlägt. Die geben nicht eher Ruhe, bis nicht wenigstens jedes Kind eine Babyeisbären-CD und ein Plüscheisbärbaby gekauft hat. Das funktioniert natürlich nur mit Babyeisbären. Wenn die über zwei Meter groß sind, ist alles vorbei. Dann könnten die auch geschlachtet werden, interessiert keine Sau.

Ist ja so wie bei Menschen auch. Wenn die erst mal sprechen können, ist der Ofen aus. Weil die oft nicht das Richtige sagen, zum Beispiel 'Knut' statt 'Mama'. Da kann man schon einmal ausrasten. Da rutscht auch mal die Hand aus. Später entwickelt sich beim Kind ein eigener Wille, und wenn alles schief läuft, ist es genau so veranlagt, wie die Eltern. Dass da den

Eltern die Nerven durchgehen, ist ja verständlich. Wer möchte sich selbst schon gleich zweimal ertragen müssen.

Neuerdings bringen Mamas die Babys auch einfach um, weil sie gerade nicht gut drauf sind. Die kommen dann in die Klapse und haben fortan ihre Ruhe. Eisbären machen das übrigens auch gern. Die fressen die Eisbärenbabys zum Beispiel einfach auf. Man weiß nicht genau warum, aber es will auch gar keiner so richtig wissen. Aufgefressene Babys sind natürlich nicht mehr so niedlich. Kindergräber auch nicht.

Gräber von Alten sind aber wiederum o.k. Man sagt: „Er hatte sein Alter" und wäre auch schön gestorben. Ich kann mir ja unter 'schön sterben' nicht so richtig etwas vorstellen. Aber an Gräbern von Alten, die 'schön gestorben' sind, kommen die Angehörigen oft erst richtig zur Ruhe.

Siehst du, jetzt bin ich auch richtig ruhig geworden. Ist doch prima, oder?

.

■■

WASHINGTON, ANTIMATERIE UND SEELE

Lieber John,

alles klar in Washington? Es ist ja ein Wunder, dass Washington überhaupt existiert. Genau wie die Erde, ja das ganze Universum. Eigentlich müsste nämlich alles weg sein. Schon beim Urknall ausradiert und zu reinem Licht gemacht. Da sollten nämlich Materie und Antimaterie gleichmäßig verteilt gewesen sein und sich logischerweise gegenseitig ausgelöscht haben. Hab ich im Anstaltsfernsehen gelernt.

Ist aber nicht passiert. Ein kleiner Rest Materie ist übrig geblieben, wie die Krümel nach der großen Party. Wir sind die Krümel, John. Oder noch schlimmer, weil noch viel kleiner. Wir sind so klein, dass du dir das gar nicht vorstellen kannst. Wir sind so gut wie 'Nichts'.

Jetzt ist das natürlich relativ, weil Kopfschmerz auch dem Nichts wehtut. Und wenn ein Nichts ein anderes Nichts beleidigt, dann passiert auch was. Aber was, John, was? Du weißt doch, was Seele ist, oder? Seele ist ja offensichtlich nicht Materie, oder doch? Dann müsste es ja auch Antiseele geben. Ist das die Hölle? Glaub ich ja jetzt irgendwie gar nicht so richtig.

Vielleicht ersetzt die Seele die fehlende Antimaterie, weil das ja ausgeglichen werden muss. Das kennst du doch. Wenn irgendwo etwas fehlt, was da einfach hingehört, dann muss man zumindest etwas Ähnliches da hintun. Da passt doch Seele ganz prima, oder?

Das würde dann auch zu meinem Traum passen, den ich manchmal habe, auch tagsüber. Stell dir vor, du wärest mit einem Raumschiff unterwegs, ziemlich lange natürlich. Da wird es schon mal gewaltig langweilig. Wahrscheinlich ist das die Zeit, wo ich nicht träume. Dann aber passiert auch manchmal was, so nach 30 Jahren vielleicht. Bei mir im Traum kommt da so ein seltsames Feld, ganz schwer zu beschreiben.

Das Feld ist wirklich sehr groß, ja gigantisch groß. Da muss man unbedingt durch. Es gibt keinen Weg drum herum. In dem Feld sind verletzte Seelen, Kinderseelen. Die haben sich da gesammelt, weil sie so einsam waren. Und was sich sehr lange und heftig nach etwas sehnt, bekommt es auch irgendwann. Jetzt sagst du vielleicht, die sehnen sich doch nicht nach anderen verletzten Kinderseelen, sondern nach Liebe.

Hab ich zuerst auch gedacht, aber jetzt pass auf! Liebe gibt es gar nicht in echt. Die machen das erst in diesem Feld. Du kommst also bei diesem Feld an und spürst die Verletzungen der Seelen. Das macht dich fertig und du glaubst, dass jetzt alles aus ist, weil du garantiert verrückt wirst. Aber dann fliegst du durch das Feld durch und spürst eine Wandlung. Natürlich musst du tagelang heulen, aber danach geht es dir besser, wirklich.

Die machen da Liebe, weil es einfach fehlt. Verstehst du das? Die Seelen sehnen sich nach nichts mehr als nach Liebe, aber Liebe gibt es nicht. Deshalb machen die einfach Liebe in diesem Feld, weil es doch so sehr fehlt.

Vielleicht bin ich auch in die Anstalt gekommen, weil ich so blöde Träume habe. Im Hamsterrad wird mir das Träumen schon vergehen. Ist auch gut so, John. Immer solche Träume und wir können den Löffel an der Garderobe abgeben.

Grüß mir Washington und die Airforce One.

■ ■

EISBERG UND GEGENSCHLAG

Lieber Alfred,

dieser Brief geht ja auch direkt in den Himmel, wie schon einige andere. Hast du schon ein paar Versicherungen verkauft, im Himmel - Haftpflicht für Petrus, oder so? Ich wünsche dir jedenfalls viel Erfolg. Häng nicht so viel in der Himmelsklause rum. Du wirst staunen, worüber ich dir heute schreiben will. Es geht um Eisberge.

Eisberge sind ja nur zu einem ganz kleinen Teil sichtbar. Der größte Teil liegt unter der Wasseroberfläche. Du kennst ja den Ausdruck 'Spitze des Eisbergs'. Das ist wie bei den Versicherungen. Wenn man den Vertrag unterschreibt, hat man auch nur die Spitze des Eisbergs gesehen. Den Rest kriegt man dann später zu spüren. Meistens in Form von Nichts, wo man eigentlich Geld erwartet.

Ich bin einmal heftig krank geworden, vor vielen Jahren. Da war ich gegen versichert, dachte ich jedenfalls. Aber ich habe nicht damit gerechnet, dass es mehrere Arten von krank gibt. Die Versicherung zahlt nur bei der richtigen Art von Krankheit. Muss nahe beim Tod liegen, aber nicht zu nahe, weil es sonst mit der Lebensversicherung kollidiert.

Eigentlich müsste die Versicherung 'Nahebeimtodabernichtganztotversicherung' heißen. Und außerdem müsste sofort ersichtlich sein, dass du selbst im Versicherungsfall auf keinen Fall mehr Spaß an dem Geld haben wirst. Eher die Verwandten.

Aber zurück zum Eisberg. Manchmal fühlt man sich doch auch wie so ein Eisberg. Du gehst so durch die Straßen und fühlst dich wie ein Eisberg. Alle sehen nur deine Spitze, aber unter der Wasseroberfläche schlummert ein sagenhaftes Potenzial, das keiner sieht. Das richtet dich dann innerlich auf. Natürlich nur bis zu dem Zeitpunkt, bis dich einer anrempelt und sagt: „Pass doch auf, du Arsch!"

In diesem Moment ist das Unterwasserpotenzial scheißegal, weil es dir nicht helfen kann, den Kloß aus der Kehle zu holen, um zu einem Gegenschlag anzusetzen. Erst abends erschließt sich dieses Potenzial wieder, aber da ist der Typ ja schon lange weg. Jetzt hast du aber schon die ganze Wut aufgestaut und der Gegenschlag-Torpedo ist perfide und wirkungsvoll zum Abschuss bereit.

Den kriegst du auf keinen Fall mehr zurück in die Waffenkammer. Das ist viel zu gefährlich. Also musst du dir ein neues Ziel suchen und ihn in einen Erstschlag umwandeln. In echten Familien eignen sich dafür Ehefrauen und Kinder oder Freunde, die zufällig gerade da sind. Als Patient hast du das schwerer, weil die Intensivgruppe zu außerordentlichen Vergeltungsschlägen in der Lage ist, die dir garantiert den Kuckuck raushauen.

Also ist es am besten, du haust dir selbst den Kuckuck vorher raus. Zwei Tetrapac Wein reichen dafür in den meisten Fällen. Danach schmilzt ein gewaltiger Teil deines Unterwasservolumens ab. Wenn sich das ein paar Mal wiederholt, tanzt deine Spitze nur noch wie ein Korken auf dem Wasser, weil unten nichts mehr ist. Du kennst das ja aus den Filmen, wenn die Haie erst mal da waren.

Als Korken auf der Straße solltest du dich ganz nahe an Häuserwänden entlang schleichen und möglichst nicht auffallen, dann geht es einigermaßen.

Diese Probleme hast du ja im Himmel nicht mehr, oder?

■■

DIE JUBILÄUMSREDE

Lieber Wolfgang,

ich habe ja jetzt bald mein 10-jähriges Jubiläum im Hamsterrad und bin schon ganz aufgeregt. Meinst du, es gibt ein kleines Geschenk als Anerkennung? Vielleicht eine Kaffeetasse mit dem Logo des Hamsterrades oder ein Plüschhamster in Arbeitskleidung? Ist aber wahrscheinlich zu viel verlangt, nach nur 10 Jahren. Eine kleine Feierstunde mit Rede wird aber wohl drin sein.

Ich male mir die Dinge ja immer schön aus, in der Fantasie. Vorfreude ist die schönste Freude! Deshalb habe ich schon mal selbst eine Rede verfasst. Du kennst das ja, wenn verzweifelte Kinder sich vorstellen, wie die Eltern an ihrem Grab fürchterlich heulen und alles bereuen. Das falsche Feuerwehrauto zum Geburtstag oder gerade die Barbie zu Weihnachten, die schon in der Spielzeugkiste liegt.

So ungefähr mache ich das auch. Die schönste Vorstellung ist die Verleihung des Nobelpreises für tolles

Nachdenken. Den wird es hoffentlich bald geben, sonst verliert die Vorstellung etwas ihren Reiz.

Nun zur Szene. Ich habe meinen besten Anzug angezogen und alle Mitarbeiter warten schon, dass ich den geschmückten Raum betrete. Der Chef lächelt und bittet mich, in der ersten Reihe Platz zu nehmen. Dann räuspert er sich noch mal kurz und fängt an:

„Lieber Hamster,

jetzt bist du schon 10 Jahre bei uns und warst nur ein paar Monate davon krank. Außer, dass es uns eine Menge Geld gekostet hat, war das aber nicht weiter schlimm. Deine Kollegen sind toll eingesprungen und haben deine Arbeit unauffällig mit erledigt. Wenn du aber mal da warst, dann hast du uns immer viel Spaß bereitet. Wir haben herzhaft über deine Tollpatschigkeit bei der Buchführung lachen können und dabei hast du dem Betrieb versehentlich so manchen Gewinn erwirtschaftet.

Besonders im Außendienst hast du uns Freude beschert. Wenn du zum Beispiel bei Kunden Dinge gemacht hast, die du gar nicht kannst. Es hat aber trotzdem immer irgendwie geklappt. Zu deinem 10-jährigen Jubiläum haben wir uns etwas ganz Tolles ausgedacht. Wir befördern dich zum Spaßverwalter des ganzen Betriebes. Ab sofort besteht deine einzige Aufgabe darin, den Spaßfaktor bei der Arbeit zu analysieren und die Einhaltung der Spaßvorschriften zu gewährleisten. Du gehst hauptsächlich von Arbeitsplatz zu Arbeitsplatz und fragst einfach, ob alle Spaß haben. Wenn die Mitarbeiter zustimmen, ist alles in Ordnung.

Am Ende des Monats erstattest du mir Bericht über den Spaßlevel im Betrieb. Wenn ich die vielen glücklichen Gesichter in dieser Runde sehe, wird das ein reines Vergnügen für dich werden. Jetzt aber will ich dir zu deinem Jubiläum feierlich eine Kaffeetasse mit unserem Logo und einen Plüschhamster in Arbeitskleidung überreichen.

Du kannst jetzt nach Hause gehen und dich gründlich auf deine neue Aufgabe vorbereiten. Natürlich müssen wir in der Zeit die Überweisungen auf deinen Bankautomaten einstellen. Aber mit solchen Situationen wirst du ja spielend fertig. Wir freuen uns schon auf ein Wiedersehen in ungefähr einem Jahr. Bitte ruf uns in dieser Zeit nicht an und komm auch nicht vorbei. Wir melden uns dann schon bei dir, Adieu."

Ob es wohl so kommen wird, was meinst du?

NERVEN WIE DRAHTSEILE

Liebe Biggi,

hast du schon einmal in einem Café gearbeitet? Ich musste ein paar Mal Vertretung machen. Wir Patienten werden außerhalb des Hamsterrades noch zu Aushilfsjobs beordert, wenn gerade Personalnotstand ist. Selbstverständlich machen wir das ehrenamtlich. Es muss ja irgendwie weiter gehen, oder?

In so ein Café kommen die unterschiedlichsten Menschen. Die Meisten behandeln dich gut. Einige sind aber scheinbar aus der Führungsetage der Organisation. Da hat man nichts zu lachen. Besonders aufregend ist es, wenn die Bude voll ist und so ein Oberpersonaler kommt rein. Der sagt natürlich nicht 'Hallo' und hält sich auch nicht groß mit Vorreden auf. Die Bestellung kommt messerscharf und militärisch knapp: „Latte macchiato und eine Kleinigkeit zu essen!"

Auch noch Latte macchiato ohne Vollautomat, um Himmels willen. Das geht daneben, das weißt du schon im Voraus. Natürlich ist dein Hemd schweißdurchtränkt und Schwindel stellt sich ein. Danach verlierst du völlig die Kontrolle. Auf jeden Fall ist der Espresso schon kalt, bevor die Milch heiß ist. Der Aufschäumer ist in solchen Momenten eigentlich immer kaputt und dann steht noch das Essen aus.

Was wollte der denn noch mal essen? Selbstredend traust du dich nicht zu fragen. Der guckt sowieso schon genervt. Die Latte macchiato ist total verhunzt. Eine einzige hellbraune Suppe ohne Struktur und Schaum. Du bist der Ohnmacht nahe. Jetzt hörst du durch eine wattige Schallwand, dass einer: „Ich möchte bitte zahlen", ruft. Ein anderer schließt sich dem Begehren an – Panikattacke!

Für solche Momente habe ich einen Trick entwickelt. Ich flüchte in einen Tagtraum.

Herrlicher Wintertag in den Dolomiten. Der Schnee liegt meterhoch und der Himmel ist tief dunkelblau. Um meinen Hals baumelt ein 'Alles-geht-Skipass' und die neue, sündhaft teure Sonnenbrille schützt meine Augen vor der grellen Sonne. Ich fühle mich überirdisch und lächle blöd vor mich hin.

So nicke ich die Zahlwütigen freundlich ab und bringe die hellbraune Plörre wortlos an den Tisch des Personalers. Wirklich kein Wort kommt über meine

Lippen und ich schaue ihn auch nicht an. Ich bin ja gar nicht da. Dann höre ich mich sagen: „Geht aufs Haus, ich hab jetzt Feierabend", und gehe einfach raus. Ich geh weg, soweit ich kann, oder schließ mich auf dem Klo ein.

Nach einer Stunde komme ich zurück und frage den Chef, der inzwischen alarmiert wurde, ob alles o.k. sei. Als ob nichts geschehen wäre, weißt du, das ist der Trick. Tu so, als wenn du gerade mit dem Heli aus den Dolomiten vor der Tür des Cafés gelandet wärest.

Der Chef ist natürlich mit den Nerven am Ende und fragt dich, ob das nicht deine Schicht gewesen wäre. Dann sagst du einfach nur: „Nö, nicht dass ich wüsste." Egal, was jetzt passiert, du solltest unbedingt geistig wegtreten und stumpf auf das Ende des Tages warten.

Der Tag geht nämlich einfach vorbei, garantiert. Dann kannst du nach Hause gehen und bis in die Nacht fernsehen. Das hilft. Am nächsten Tag bist du noch etwas benommen, aber das legt sich.

Bis zur nächsten Katastrophe.

■■

WAS IST GOTT?

Lieber Rainer,

wie schaut´s mit dem Darm aus? Heute sollten wir mal über Gott reden. Im Zeichen der Gleichberechtigung der Frau schreibt man ja heutzutage Gott(in). Folglich müssen wir fortan einen Artikel vor Gott(in) weglassen. Das schaffen wir spielend. Natürlich ist das unserer Vorstellungskraft nicht förderlich. Der weise, alte Mann mit dem Bart geht jetzt nicht mehr.

Schon sind wir beim 'Goldenen Kalb'. Klar ist Gott(in) erzürnt, packt die Kalbbauer aber lange nicht so hart an, wie es uns Patienten beispielsweise in der Anstalt geschehen würde. Das würde sich dann etwa so anhören:

„Du hirnverbranntes Arschloch. Was hast du dir denn dabei gedacht? Ist die Hirngrütze wieder mal eingetrocknet? Hab ich dir nicht ausdrücklich gesagt, du sollst dir kein Bildnis machen? Standen die Ohren wieder auf Durchzug, oder hast du ein paar Synapsen beim Frisör gelassen? Geh nach Hause fernsehen und lass den Scheiß in Zukunft. Ich hab dich Idioten trotzdem lieb."

Da ist ja auch das Nötigste enthalten. Zorn, Liebe und Verachtung. Wir Patienten verstehen diese Sprache sehr gut. Vor allem die letzte Wendung zur unbedingten Liebe gefällt uns und macht uns ruhig. Der Ton macht nämlich nicht die Musik. Er ist nur das Material, aus dem Musik gemacht wird. Ein Ton ist eigentlich gar nichts.

Witzigerweise ist mit dieser kleinen Abhandlung auch schon die saublöde Frage: „Was ist Gott eigentlich?" geklärt, oder? Jetzt wirst du das ja wahrscheinlich jedes Jahr aufs Neue von pubertierenden Konfirmanden gefragt. Dazu kann ich nur sagen, dass ich nicht in Deiner Haut stecken möchte.

Kommen wir nun zur Folgefrage: „Was soll das eigentlich alles?" Die dazwischen liegenden Fragen lassen wir weg, weil sie unweigerlich zum Verzetteln führen.

Da hab ich jetzt so eine ganz vage Idee. Stell dir mal den Urknall vor, sofern wirklich geschehen. Eine so genannte 'Singularität' - kann man übrigens alles im Anstaltsfernsehen lernen - knallt durch und expandiert. Sollte Gott(in) allmächtig sein, was wir mal annehmen, hat Gott(in) das veranlasst. Muss ja! Eingestielt war zu diesem Zeitpunkt auch schon, dass mehr Materie als Antimaterie nach dem Bumms überbleibt.

Also war von Anfang an die schöne Symmetrie im Arsch. War so geplant, verstehst du? Ohne Symmetrie entsteht Chaos und die ganze Chose sucht verzweifelt zurück zur Symmetrie. Gott(in) sieht, dass das in die Hose geht, und erfindet Seele als Ausgleich für die fehlende Antimaterie. Passt doch auch prima, rein gedanklich, findest du nicht? Seele = fehlende Antimaterie. Das ist doch ganz großes Kino.

Wenn wir das jetzt richtig zu handhaben wissen, mit der Seele und deren Kindern 'Gewissen' und 'Liebe', dann kann es auch wieder was mit der Symmetrie werden. Und damit wären wir auf dem Weg zu Gott(in).

Ist doch gar nicht so schwer, oder?

■ ■

KRANKHEIT UND ICH

Lieber Christoph,

Krankheit ist ein seltsames Phänomen. Du weißt ja sicher, dass so ein Körper nicht er selbst ist, oder? Eigentlich ist es nur ein Interessenverband von unglaublich vielen Einzelwesen.

Das Gehirn suggeriert uns ein ICH, das aber nur als Ausgangspunkt unserer Wahrnehmung dient. Wir können ins Kleine schauen, das nennt man 'Mikrokosmos' und ins Große geschaut, ist das der 'Makrokosmos'.

Du hast ja beruflich mehr mit Mikrokosmos zu tun, kommst um die Betrachtung des Makrokosmos aber leider auch nicht herum. Da spielen sich nämlich die unangenehmen Sachen ab. Zum Beispiel Gebührenordnungen und Abstottern des neuen Röntgengerätes.

Was den Mikrokosmos betrifft, so schaust du ja gezwungenermaßen mehr in fremde Körper, obwohl es in deinem eigenen bestimmt auch spannend zugeht. Ab und zu schau ich mal in meinen eigenen Mikrokosmos rein, nur aus Neugier. Da geht es recht munter zu. Jedes Einzelwesen versucht da natürlich seinen Schnitt zu machen, genau wie im Makrokosmos.

Im Augenblick sind die Darmbakterien ziemlich renitent. Machen ganz schön Radau und können momentan von den Immunsheriffs gar nicht unter Kontrolle gebracht werden.

Jetzt nicht, weil die gerade streiken, sondern weil die Kollegen im Hirn momentan etwas den Faden verloren haben. Du weißt ja, dass ich so viel nachdenke, das ist für die natürlich pures Gift. Schafft ihnen ordentlich Maloche ran, auf die sie jetzt so gar nicht abfahren.

Genervt sind die natürlich vor allem deswegen, weil für den Interessenverband nichts dabei herausspringt. Deshalb senden die permanent Botschaften an das ICH: „Hör auf zu grübeln, du Blödmann. Geh spazieren, ernähre dich vernünftig, treibe Sport und kümmere dich nicht um den ganzen anderen Scheiß."

Obwohl wir Patienten ja Kummer gewohnt sind, lassen wir uns von unseren eigenen Zellen aber nicht so gern Vorschriften machen. Da geht einem schon einmal die Hutschnur auf. Dann zieh ich mir mal schnell eine ordentliche Zigarette und ein Patienten-Bier rein. Du glaubst gar nicht, wie das da oben wirkt. Da ist aber schnell Ruhe im Schacht.

Jetzt haben die noch mehr Arbeit als vorher. Das haben sie nun davon, die Säcke. Jetzt geben die aber nicht klein bei, sondern alarmieren den gesamten Interessenverband: „Los, Kollegen, zeigt es dem Idioten, gebt ihm Zunder!"

Wenn du Pech hast, lassen sie sogar die Kettenhunde los - Krebszellen. Das sind so mit die übelsten Burschen. Da ist dem Interessenverband dann aber auch wirklich alles egal. Selbst wenn er selbst dabei draufgeht. Man kann sich ja in neuen Verbänden organisieren, ohne ICH. Da sind die absolut schmerzfrei.

Wenn dein persönlicher Interessenverband aber aus Sensibelchen besteht, kann es dir passieren, dass die Kettenhunde losgelassen werden, obwohl du total lieb zu den Zellen bist. Da reicht manchmal schon schlechte Luft, für die du nun wirklich nichts kannst.

So entsteht Krankheit. Wenn du da wieder raus willst, darfst du auf keinen Fall nachgeben. Es gibt immer ein paar Zellen, die mit dir durch dick und dünn gehen. Mit denen musst du dich verbünden.

Du darfst sie nur nicht anlügen, das nehmen sie dir übel. Sag Ihnen einfach: „Alles wird gut!" Das ist unverbindlich. Und lass die unbedingt in Ruhe ihr Zeugs machen.

Misch dich da ja nicht ein mit deinem großkotzigen ICH!

■■

DATENSCHUTZ FÜR BETTNÄSSER

Lieber Jürgen,

du kennst dich doch mit Verwaltungen aus, oder? Ich habe da was von Datenschutz gehört, kennst du bestimmt. Das bedeutet ungefähr, dass keiner deine Daten, die er durch irgendeinen unglücklichen Umstand von dir gesammelt hat, ohne deine Einwilligung verbreiten darf.

Jetzt gibt es ja seit einiger Zeit dieses Internet, wo man eigentlich täglich so 10 - 15 Mal seine Daten eintragen muss. Zum Beispiel, wenn du den Audi Quattro Sport-Edition einlösen willst, den du durch puren Zufall, und ohne überhaupt mitgespielt zu haben, gewonnen hast. Ist doch klar, dass die wissen wollen, wem sie das teure Ding liefern sollen. Kann man ja verstehen.

Ich hab natürlich alles wahrheitsgetreu eingetragen. Nicht ganz klar war mir, wozu die wissen wollten, ob ich Bettnässer sei. Schwamm drüber. Ist ja auch schon

4 Monate her. Ich bin gespannt, wann die den Wagen liefern. Vielleicht kann ich mal eine Runde fahren, bevor die Bank ihn mir wegnimmt.

Jetzt habe ich letzte Woche so eine seltsame Email in meinem Anstaltspostfach gefunden. Solche Emails sind ja nicht einfach Text, sondern wahre Wunderwerke der Medienkunst. Die Botschaft fing wirklich sehr nett an. Sogar mit: „Sehr geehrter Herr". Das sind wir Patienten ja gar nicht gewohnt.

Danach gab es eine ellenlange Liste mit Einträgen, die ich angeblich irgendwann gemacht habe. Da stand auch, dass ich Bettnässer sei, obwohl das nicht stimmt. Die haben wohl aus Versehen das Häkchen vertauscht.

Glücklicherweise konnte man ja jetzt alles korrigieren. Das waren echt nette Leute, wohl vom Datenschutz, denn da war auch so ein Qualitätssiegel auf der toll gemachten Seite. Am Schluss konnte man jetzt sagen, ob das alles stimmt oder nicht.

Da gab es auch nur ein Häkchen, das die sogar schon angehakt hatten. Davor stand sinngemäß, dass man will, dass alles in Ordnung gebracht wird, Kästchen, Haken bei 'Ja'. Natürlich will ich, dass alles in Ordnung gebracht wird!

Also hab ich das abgeschickt. Jetzt fühle ich mich viel besser. Seltsam ist nur, dass ich jetzt täglich Angebote bekomme, die eigentlich für Bettnässer gedacht sind. Da haben die glatt wieder etwas vertauscht. Aber das wird sich schon aufklären. Ich bleib da total ruhig.

Gestern guckt mich mein Anstaltsarzt so komisch an und fragt, ob ich denn soweit o.k. wäre. Weiß gar nicht, was der meinte.

Doof fand ich nur den Hausmeister. Den hab ich getroffen, als ich die Bettwäsche in die Waschküche getragen hab. Da grient der mich an und fragt: „Na, wieder alles vollgepisst, heute Nacht?"

Das ist doch gemein, oder? Meinst du, ich sollte da mal anrufen beim Datenschutz?

■■

VERMURKSTE GESCHÄFTSGRÜNDUNG

Lieber Michael,

mich hat doch glatt gestern ein alter Freund aus einer anderen Anstalt besucht. Ist einfach ausgebüchst - zu Fuß. Morgen schleicht er sich heimlich zurück. Mann, war das eine Freude. Ich hab mir 2 Euros geliehen und 2 Tetrapacs gekauft. Die haben wir dann schnell ausgetrunken bevor die Kopfschmerzen kommen. Der hatte eine tolle Geschichte zu erzählen. Die muss ich dir jetzt unbedingt nacherzählen.

Hat der sich als Pobitu beworben und ist auch akzeptiert worden. Solange man das so aus Spaß macht, hat keiner was dagegen. Jetzt wollte der aber ernsthaft ein Geschäft aufmachen und brauchte wohl etwas Kohle.

Der hatte vor, einen Laden im Wohnzimmer seiner Anstaltsbude aufzumachen. Er hatte schon ein Schild entworfen für unten am Haus. Das sah echt klasse aus. 'Der Hamsterfreundladen' stand in so ganz niedlicher Hamsterschrift drauf. Das wäre bestimmt ein Renner geworden.

Jetzt hat die Anstaltsbank das Förderdarlehen aber abgelehnt, weil die gerade ziemlich viel Ärger am Hals haben. Da haben sich Personaler vertan und ein paar Milliarden versenkt. Muss natürlich jetzt irgendwie gestopft werden, das Loch. Wir haben schon Zusatzschichten im Hamsterrad angekündigt bekommen. Jetzt prüfen die natürlich sehr genau, ob das geplante Pobitu-Geschäft tragfähig ist.

Jedenfalls brauchte mein Freund 500 Euro für Hamsterfutter. Da haben die ihm vorgerechnet, dass das Hamsterfutter schon schlecht ist, bevor der erste Kunde kommt. Die haben ja Erfahrung in so was. Weil der Bankpersonaler aber schon altersmilde war, hat der meinem Freund einmal an einem anderen Kunden gezeigt, wie das richtig gemacht wird.

Der andere Kunde war natürlich kein Patient und hatte einen Porsche. Solche Unternehmer machen ja nur noch Geschäfte im Internet. Der hatte in zwei Tagen ein Internetgeschäft mit solchen Programmautomaten gemacht, wo alle Versandhäuser auf einmal drin waren.

Kannst du dir das vorstellen? In zwei Tagen hatte der das größte Versandhandelsgeschäft der Welt, ohne auch nur einen Artikel zu kaufen. Sagenhaft, oder? Jetzt könnte man meinen, der braucht gar kein Geld mehr, weil ja schon alles fertig ist. Aber das ist falsch gedacht. So denken Patienten, deshalb geht ja auch alles in die Hose. Der brauchte jetzt unbedingt zwei Millionen für Werbung, weil das nämlich das Wichtigste ist.

Natürlich hat der die bekommen, ist ja klar. Wenn das schief geht, hat die Bank immer noch den Porsche. Dem Unternehmer ist das schnuppe, weil er sich von dem geliehenen Geld als Erstes einen Ferrari und ein Boot gekauft hat.

So haben eigentlich alle was davon, oder? Wenn jetzt aber mein Freund die 500 Euro vermasselt, dann ist die Kohle echt weg. Der hat natürlich nichts mehr, außer seinen Unterhosen. Dass die so ein Risiko nicht eingehen können, ist doch klar. Wir haben dann aber auch noch viel gelacht, über alte Witzfilme.

Danach mussten wir aber auch weinen, als wir die alten Platten aufgelegt haben, bevor die Kopfschmerzen einsetzten.

■■

DIE VERTRIEBSIDEE

Lieber Klaus,

es sind turbulente Zeiten. Ich hatte mir neulich vorgestellt, wie man mir zum 10-jährigen Jubiläum eine
schöne Rede hält und anschließend für etwa ein Jahr
freistellt. Genauso ist es gekommen. Nur ohne Rede
und Jubiläumsgeschenk.

Auch mit dem Freistellen ist es etwas anders gelaufen. Man hat sich da nicht so genau festgelegt, auf
die Dauer der Freistellung. Ich habe aber schon eine
neue Beschäftigungstherapie in Aussicht. Da hat jetzt
eine Firma Creme erfunden. Jetzt nicht so normale
Creme, wo Tiere geschlachtet werden, sondern ohne
Tiere.

Da kann man sich bewerben und die Creme bestel-
len. Dann lädt man sich bei fremden Menschen ein
und ermuntert sie dazu noch 100 andere Gäste ein-
zuladen. Am besten Frauen, weil Männer ja so wenig
Creme benützen. Höchstens als Ersatz für Schmieröl,
auf der Fahrradkette. Frauen dagegen cremen sich
sehr oft ein, damit sie geschmeidig bleiben.

Wenn dann die 102 Leute, mit dir und der Gastgeberin, eingetroffen sind, musst du nur eine Vorführung machen. Dazu kannst du dir einen Trickteddy präparieren, der zunächst total scheiße aussieht. Nachdem du ihn eingecremt hast, sieht der aber superspitze aus. Natürlich ist das nicht derselbe. Du musst die geschickt hinter dem Rücken austauschen.

Alle Frauen fallen jetzt in Ohnmacht. Sie stellen sich vor, dass sie auch so wie der neue Teddy aussehen. Dann kaufen sie dir so etwa 300 Tuben von dem Zeug ab. Das kostet natürlich etwas mehr als Nivea. Wenn du mal so richtig im Geschäft bist, ist in Wirklichkeit in deiner Tube auch Nivea drin, aber das heißt dann einfach anders. Es ist schon ein Gemansche in der Küche, aber es lohnt sich.

Von dem Gemansche werden deine Hände automatisch auch geschmeidig, und wenn du genug Talent hast, kannst du mit den geschmeidigen Händen auch in anderen Branchen Fuß fassen. Wenn das aber nicht funktioniert, kannst du eigentlich nur noch zum Fernsehen und eine Nachmittagstalkshow übernehmen.

Da treten ziemlich lustige Typen auf und beleidigen sich auf Teufel komm raus. Da musst du nur ab und zu sagen: „Na, na, na, das war jetzt aber ein wenig hart formuliert." Da gehst du kein Risiko ein, obwohl auch mal robuste Kerle dabei sind, die gerne auch hauen. Aber das Wort 'formulieren' kennen die garantiert nicht.

Wenn es mal brenzlig wird, stell immer eine Ex-Freundin von dem Kerl dazwischen, weil der Kerl im Zweifelsfall immer auf das haut, was er schon kennt. Du siehst, ich bin voller Vorfreude auf die neuen Aufgaben.

Vielleicht komme ich durch so einen seriösen Job sogar eines Tages aus der Anstalt raus.

■■

CD OHNE MUSIK

Lieber Gunter,

du kennst doch die Christel von der Post, oder? Die war doch ganz niedlich. Jetzt ist aber dem Chef von der Post was ganz Blödes passiert. Ich hab das im Fernsehen erfahren.

Da hat der soviel Geld verdient, dass er was Gutes damit machen wollte. Für so etwas gibt es Stiftungen. Man zahlt das Geld ein und es vermehrt sich. Das soll es auch, damit viel Geld für den guten Zweck übrig bleibt. Für eine Stiftung braucht man nämlich Verwalter und die kosten ja auch Geld. Wenn sich zum Beispiel eine Organisation um hungernde Kinder in der Welt kümmert, dann muss ja ab und zu mal jemand vorbeischauen, ob da alles in Ordnung ist.

Das macht dann ein Botschafter, der dieses Mal kein Land vertritt, sondern die Idee. Weil es kein Land gibt, das ihn bezahlt, sollte der möglichst selbst so viel Geld haben, dass die Kosten ihn nicht weiter jucken. So etwas gibt es!

Da immer ein Kamerateam dabei ist, und den Botschafter noch berühmter macht, kann der sich das Geld dann durch Vorträge vor der Krankenkasse oder Grußworte für Veranstaltungen zurückholen. Das können sogar Frauen machen.

Manchmal vergisst das ein Botschafter und reicht die Rechnungen aber trotzdem bei der Organisation ein. Denen ist es natürlich total peinlich, den jetzt an die eigentliche Idee zu erinnern. Deshalb zahlen die die Rechnungen zähneknirschend.

Doof ist natürlich dabei, dass jetzt weniger Geld für die Kinder übrig bleibt. Aber manchmal reicht es auch, wenn 20 Euro übrig bleiben. Dafür kann dann ein Kind ein Jahr zur Schule gehen. Ist doch auch schon was, oder?

Jetzt wollte der Chef von der Post wahrscheinlich so etwas Ähnliches einrichten. Da er aber vergesslich ist, hat er das vorher dem Finanzamt nicht gesagt. Reine Vergesslichkeit, sag ich dir. Hat ja auch ne Menge um die Ohren, so ein Chef. Stiftungen macht man am besten in einem kleinen Land am Rande der hohen Berge, weil die sich super damit auskennen.

Da hat aber einer gearbeitet, der keine Lust mehr auf Arbeiten hatte. Wollte wahrscheinlich lieber Skifahren, in den Bergen. Der hat dann eine CD produziert und die verkauft. Da die CD ein Unikat war, hat er natürlich einen Liebhaberpreis erzielt, der für viele Skipässe reicht.

Als sich jetzt der Käufer die CD anhören wollte, hat er festgestellt, dass gar keine Musik drauf war, sondern die ganzen Zahlen von der Bank, bei der der Skifahrer gearbeitet hatte. Zuerst fand der das blöd, aber dann hat er doch noch einen neuen Abnehmer gefunden, nämlich das Finanzamt. Die finden ja Zahlen klasse.

Dann haben die angefangen zu rechnen und festgestellt, dass es wohl etliche vergessliche Stiftungsgründer gibt. Jetzt müssen die natürlich die Stifter wieder daran erinnern, dass sie noch was anzumelden haben.

Macht viel Arbeit, die ganze Sache. Wenn die das mal vorher gewusst hätten. So kann man mit CDs ganz schön reinfallen, wenn keine Musik drauf ist.

■■

AUSWIRKUNGEN DES KLIMAWANDELS

Lieber Uwe,

du bist doch über Klimawandel gut informiert. Wir haben ja immer noch Winter und draußen liegt kein Schnee. Muss ich mir jetzt Sorgen machen? Früher gab es sehr viel Schnee im Februar. Gut, in den Bergen liegt ja Schnee, aber hier unten nicht.

Das ist ja zum Beispiel für alte Menschen, die nicht mehr gut laufen können, gar nicht so schlecht. Die brechen sich nicht mehr so oft ein Bein. Die Kinder könnten die Schlitten im Internet verkaufen. Aber wer kauft die noch? Ich habe einmal über ein paar Beispiele nachgedacht, für wen das neue Wetter welche Auswirkungen hat.

Da sind die Hausmeister. Die Hobbyhausmeister freuen sich, weil sie nicht mehr so viel Schnee schaufeln müssen. Die Profihausmeister sind da schon schlechter dran. Da haben die gerade ihrer Frau weisgemacht, dass sie unbedingt den metallicschwarzen Pick-up mit ankuppelbarem Schneeschieber brauchen, und jetzt steht der Schneeschieber nur in der Garage. Weil die Leasingraten aber trotzdem bezahlt werden müssen, fällt der Sommerurlaub ins Wasser.

Wie viele Profihausmeister gibt es eigentlich? Meinst du, dass das auch indirekte Auswirkungen auf die Tourismusbranche hat? Für Urlaubsorte sind die Auswirkungen unterschiedlich. Manche profitieren vom Klimawandel, weil Konkurrenz wegfällt. Entweder dadurch, dass in einigen ehemaligen Skigebieten kein Schnee mehr liegt, oder dadurch, dass einige ehemalige Badeorte jetzt unter Wasser liegen.

Manchmal können auch ehemalige Skigebiete im Tal zu Badeorten werden, wenn im Frühjahr das Hochwasser kommt. Aber das zieht kaum Touristen an.

Ganz toll ist das neue Wetter für die Bauindustrie. Die können jetzt ganzjährig bauen. Schlecht ist es dagegen für die Bauarbeiter aus dem gleichen Grund. Genauso geht es den Mitarbeitern vom städtischen Bauhof. Früher mussten die fast täglich im Winter Straßen räumen und streuen und konnten im Sommer die Überstunden abfeiern. Tja, das ist wohl vorbei.

Vorbei sind auch die Zeiten, wo man angeblich eingeschneit war und deswegen nicht zur Arbeit kommen konnte. Jetzt bleibt nur noch die Bundesbahn als Ausrede. Aber die finden zum Glück bei jedem

Wetter einen Grund, dass die Züge nicht fahren können.

Zum Beispiel wegen 'überraschendem Frühlingsein-
bruch'.

■■

AUSWAHL DES URLAUBSORTES

Liebe Heidi,

es gibt ja Menschen, denen das Reisen Spaß macht, zum Beispiel nach Elba. Dass Elba ganz toll ist, habe ich schon von vielen Reisenden gehört. Wenn ich jetzt da wäre, fände ich es auch bestimmt toll.

Abgesehen davon, dass ich ja aus der Anstalt nicht rauskomme, stört mich beim Reisen jedoch, dass man keine Ziele vorgegeben bekommt. Wenn zum Beispiel der Chef des Hamsterbetriebes mir aufträgt, einen Außendienst zu machen, habe ich ja ein festes Ziel. Ich bekomme eine Adresse und da muss ich hin.

Das funktioniert bei mir gut – ist eine klare Ansage. Aber beim Urlaub ist das eine andere Sache. Da muss man ja nicht unbedingt nach Elba. Ich weiß nicht, wie du das machst, aber mich würde da Panik überfallen. Es gibt doch tausend mögliche Ziele. Gut, einige fallen aus, weil für China die 5 Urlaubstage nicht reichen. Aber es bleiben doch noch etliche Ziele übrig. Allein der Schwarzwald ist ja schon ziemlich groß.

Manchmal krieg ich schon die Panik, wenn Sonntag ist und ich spazieren gehen will. Da hab ich mindestens 5 Varianten auf Lager und keine sticht raus. Ich sehe überall Berge, und wenn es regnet, regnet es auch auf allen 5 Strecken gleich. Bei Sonnenschein ist es das gleiche Dilemma.

Für Menschen außerhalb der Anstalt ist das Wetter ja noch ein Entscheidungskriterium gewesen, bisher. Aber da kannst du dich doch auch nicht mehr drauf verlassen, es sei denn, du bist extrem veranlagt und liebst Wüsten.

Da kann man schon froh sein, wenn man gerade einen Fremdsprachenkurs in der VHS gebucht hat. Wenn du nicht gerade eine Weltsprache lernst, steht das Land dann vielleicht schon mal fest. Deshalb rate ich auch dringend von Französisch, Spanisch und so ab. Besser ist Isländisch.

Damit hättest du eine gute Wahl getroffen. Es gibt auch nicht viele Orte und Hotels auf der Insel. Das ist eine natürliche Einschränkung der Möglichkeiten und macht ruhig. Was schreib ich denn da? Ist Island etwa eine Anstalt?

Von der Sprache her gesehen, könnte es durchaus sein. Da muss ich demnächst aufpassen, wenn es im Fernsehen eine Sendung über Island gibt.

Wenn man genau hinschaut und zuhört, bekommt man es heraus, als Anstaltsfuchs.

■■

POLITIKER IN TALKSHOWS

Lieber Heinz,

schaust du auch politische Talkshows an? Wir haben da im Anstaltsfernsehen eine große Auswahl. Es gibt sie in allen Varianten.

Die Anstalt muss aber immer möglichst einen von jeder Partei einladen, sonst gibt es Ärger. Jetzt müssen sie noch einen Gästestuhl dazu kaufen. Die Regeln sind ganz einfach. Es gibt ein Thema für jede Sendung, über das aber sehr wenig Sinnvolles gesagt wird. Meistens sagen die Gäste alles noch einmal, was vorher schon in den so genannten 'Einspielern' gezeigt wurde, aber jeder beschreibt das anders.

Da wird dann beispielsweise mit gezackten Linien verdeutlicht, dass immer mehr Menschen verarmen. Dafür gibt es eine Linie, die nach oben geht. Eine andere geht auch nach oben. Das ist das Gesamtvermögen des Landes. Die dritte Linie geht auch nach oben. Das ist das Pro-Kopf-Einkommen der Reichen.

Der erste Gast sagt jetzt: „Sie sehen, es geht aufwärts mit unserem Land!" Und so sagt jeder einmal, was er aus den Linien liest. Damit ist das Thema eigentlich abgehandelt, denn jetzt kommt schon das Eigentliche der Sendung: das gegenseitige Beschimpfen. Natürlich hat das nichts mit dem Thema zu tun.

Die Übergänge können sehr abrupt sein: „Ich denke die Menschen draußen im Lande haben das Recht die Wahrheit zu erfahren. Und ich weiß nicht, ob jemand, der ein uneheliches Kind hat, moralisch dazu in der Lage ist." … „Von jemandem wie Ihnen, der bei der Stasi war, lasse ich mir so etwas nicht sagen!" … „Das ist eine absolute Frechheit, ich habe immer gesagt, die Mauer muss weg!" … „Das ist ja interessant. Ich zitiere die FAZ vom 23.11.1998 …"

Und schon ist die Schlammschlacht im Gange. Manchmal sind Kandidaten von befeindeten Parteien versehentlich einer Meinung. Das sind ganz peinliche Sekunden. Versierte Politiker schaffen es aber innerhalb von 5 Sekunden das Ruder herumzureißen und direkt zum Beschimpfen überzugehen.

Dann ist das Thema manchmal schon nach 2 Minuten der Sendung abgehandelt. Es gibt eine Schlüsselfrage, die dem Zuschauer auf den Nägeln brennt, die aber in Politikerrunden keine Rolle spielt. Das ist das Fragewort 'Warum'.

Der Grund, dass es wie die Pest gemieden wird, ist die daraus folgende Unannehmlichkeit des Nachdenkens. Und dafür haben Politiker nun einmal überhaupt keine Zeit und Lust. Darum sind Antworten perfekt vorbereitet. Auf alle wirtschaftlichen Fragen gibt es zum Beispiel eine Standardantwort und die heißt 'Globalisierung'. Das ist auch zugleich die Endstation des Denkens.

Globalisierung ist für Politiker nicht weiter interpretierbar. Wenn dieser Hammer getroffen hat, ist das Weiterdenken mausetot. Schließlich ist die Sendezeit viel zu kurz und wertvoll, als dass in dieser Zeit auch noch gedacht werden könnte.

Neuerdings schau ich mir nur noch die Ansage des Themas an und schalte danach ab. Dann mach ich mir einen Jux daraus, zu raten, wer nach 20 Minuten gerade wen beleidigt. Ich schalte also nach 20 Minuten wieder ein und höre: „Von jemandem wie Ihnen, der bei der Stasi war, lasse ich mir so etwas nicht sagen!" – Treffer, versenkt!

■■

PLÖTZLICHES HOCHWASSER

Liebe Annemarie,

vielleicht kennst du ja Peppermint Patty von den Peanuts. Die arme Patty schläft ständig am Tag ein, vor allem in der Schule. Seit einiger Zeit kann ich Patty gut verstehen. Ich bin nämlich auch notorisch müde.

Nicht, dass ich nachts wach liegen würde, im Gegenteil. Ich schlafe ein, sobald ich mich ins Bett gelegt habe. Das ist auch nicht besonders spät und meine 8 Stunden schaffe ich spielend.

Trotzdem bin ich schon wieder müde, wenn ich am Frühstückstisch sitze. Was sollte mich auch wach halten? Man braucht wohl so etwas, wie Motivation, um den Tag freudig zu begrüßen. Vielleicht wäre es schon erfrischend, wenn jemand sagen würde: „Heute wartet eine tolle Überraschung auf dich", aber das sagt keiner. Und es passiert auch nichts Unerwartetes.

Vielleicht muss man eine spezielle Begabung haben, um ewige Gleichförmigkeit so richtig genießen zu können. Deshalb empfinde ich ja auch so eine klammheimliche Freude über die Erderwärmung. Stell dir vor, du willst aus dem Haus gehen, und da, wo gestern die Straße noch war, ist jetzt ein Fluss.

Gut, das ist nicht jedermanns Sache und macht ja auch eine Menge Probleme, aber es wäre doch mal eine Abwechslung, oder? Man müsste sich beispielsweise spontan überlegen, wo man jetzt ein Boot her bekommt. In so was bin ich echt gut, nur zu langsam.

Ich würde sicherlich durch Nachdenken auf die Lösung kommen, aber da gäbe es dann schon längst kein Boot mehr, weil alle freien Bürger schon eins bestellt hätten. Die haben nämlich so einen Taschencomputer mit allen Daten der Welt in der Jackentasche. Die Daten werden per Abo täglich aktualisiert. Und da gibt es auch die Rubrik: Unerwartete Überschwemmung – mit den Unterpunkten: Schwimmwesten – Boote – welche Versicherung zahlt.

Das läuft so ab: Der freie Bürger bekommt per Funk schon vor Sonnenaufgang die Information, dass statt Straße jetzt ein Fluss vor seinem Haus ist. Das Datenhandy schaltet sich ein und zeigt automatisch die Rufnummer der Versicherung an. Dort ruft man an und sagt seine Versicherungsnummer, und dass die sofort ein Boot und 2 Schwimmwesten schicken sollen.

Die Handpatsche, um sich gegen ertrinkende Patienten zu wehren, die sich an die Bordwand klammern, ist in Bürgerbooten schon serienmäßig enthalten. Leuchtpistole, Schampus, Kaviar und Brot auch. Natürlich ist das Boot motorisiert und aufgetankt.

Der freie Bürger schippert schnurstracks zu seinem Wochenendhaus auf der Alm. Kurz vor der Kreuzung trifft er mich auf meinem selbst gebastelten Floß. Ich höre nur noch: „Weg da, du Arsch!", und der weiße, schnittige Rumpf des Bürgerbootes pflügt durch mein Floß.

Vielleicht ist Erderwärmung doch kein so gutes Beispiel, für außergewöhnliche Ereignisse, die man sich wünscht, um wach zu bleiben.

■■

VORTEILE DES ELEKTROSMOGS

Lieber Erwin,

du hast doch bestimmt 2-3 Handys, oder? Manche haben ja nur ein Handy, aber das ist total out!

Ich hatte ja auch mal welche, vor ein paar Jahren. Das erste war so groß, dass man es nicht einmal in die Jackentasche stecken konnte. Jetzt sind die aber echt klein und man kann gut zwei davon bei sich haben. Eins für Freunde und eins für Nichtfreunde. Das für Nichtfreunde kann man dann auch mal zu Hause lassen.

Jedenfalls strahlen die beiden Handys in deinen Jackentaschen um die Wette. Wenn du keine Memme bist, hast du natürlich hochfrequente Netze, wie D2 und nicht das Weicheinetz von E-Plus. Mit E-Plus kannst du nicht aus dem Keller telefonieren, so schwach ist das. Macht aber wahrscheinlich auch nicht so viel Krebs. Aber auch ein D2-Netz ist beispielsweise in U-Booten nicht erste Wahl. Da ist Echolot besser. Dann brauchst du aber Flipper als Freund.

Jedenfalls gibt es ja Menschen, die behaupten, dass die Strahlung gar nicht schlimm ist. Jetzt habe ich neulich auf dem Weg zum Einkaufen Radio gehört, ohne Radiogerät. Der Empfang war nicht besonders gut und die Sprache kam mir fremd vor, russisch oder so. Bisher hab ich das noch keinem erzählt, weil die sonst vom Geheimdienst kommen und mich anheuern wollen. Auf Geheimdienst hab ich aber keine Lust.

Gut, James Bond hat immer Superfrauen, aber so manches Abenteuer würde ich garantiert nicht überleben. Ich bin zum Beispiel superschlecht im Abrollen über Motorhauben. Das hab ich gemerkt, als mich neulich ein Personalerschlitten auf dem Zebrastreifen erwischt hat. Ich hab einfach nicht aufgepasst und mich auf die Verkehrsregeln verlassen, aber die gelten für Patienten ja nicht.

Ich hab mich dann für meine Prellungen beim Fahrer entschuldigt. Glücklicherweise war nichts gebrochen, sodass der keinen Krankenwagen holen musste. Konnte seine wichtige Fahrt also ohne lange Unterbrechung fortsetzen. Der hatte auch zwei Handys dabei, die er sofort nach dem Aufprall aus den Taschen zog. Mit dem einen hat er wahrscheinlich seinen Geschäftspartner angerufen, dass er sich etwas verspätet und auf dem anderen hat er wohl die Nummer seines Rechtsanwaltes gehabt.

Als ich wieder zu Hause war und die Schmerzen und der Schock langsam nachließen, habe ich erst gemerkt, dass offenbar irgendein Metallteil in meinen Arm eingedrungen war. Vielleicht ein Stück vom Mercedesstern.

Das blutete aber nicht mehr und nach ein paar Tagen war die Stelle verheilt. Man will doch die Krankenkasse wegen so einer Kleinigkeit nicht weiter belästigen, oder? Das Teil im Arm tut auch nur manchmal weh, und wenn ich mir auf die Lippe beiße, geht es schon irgendwie. Aber seitdem kann ich ab und zu Radio hören, ohne Gerät. Muss man das eigentlich bei der GEZ anmelden?

Das funktioniert aber eh nur, wenn ich an dem Haus vorbei gehe, wo die ganzen Mobilfunkantennen drauf sind. In unserer Siedlung, wo die Patientenwohnungen sind, haben aber ziemlich viele Häuser Antennen drauf.

Ob das schädlich ist?

■■

STEUEREINNAHMEN DURCH RAUCHZWANG

Lieber Manfred,

rauchst du noch die dicken Torpedos? Tropenstolz oder wie die hießen. Wir Patienten müssen ja auch rauchen – ist Pflicht.

Uns ist freigestellt, ob wir Zigarren, Pfeife oder Zigaretten rauchen, Hauptsache es qualmt und es ist Steuer drauf. Damit werden Krankenhäuser finanziert, sagt die Organisation. Wahrscheinlich chirurgische Abteilungen für Beinamputationen. Ich hab es eine Zeit lang mit Pfeifen versucht, aber da muss man immer verdammt viel Zeugs mit sich rumschleppen. Wenn du das versuchst, in den Jackentaschen zu verstauen, sieht es echt bescheuert aus. Zigarren sind auch so umständlich. Da bin ich dann wieder auf Zigaretten umgestiegen.

Mein Opa hat früher, als er noch lebte, Pfeifen und Zigarren geraucht. „Bring mal Stumpen mit", hat er zur Oma gesagt. Die brachte dann eine 5-er Schachtel mit so kurzen, dicken Dingern mit, die fürchterlich stanken, eben Stinkaderos oder kurz: Stumpen.

In unseren Supermärkten gibt es extra eine Abteilung für Patientenzigaretten. Die Patienten ganz ohne Nebeneinkommen müssen sich die Zigaretten selbst basteln. Ich kann mir noch die Fertigen leisten. Die heißen dann Jimmy, Elvis oder so ähnlich. Die Verpackung ist wie echt und die Zigaretten qualmen auch. Woraus die gemacht sind, weiß ich aber nicht.

Manchmal kriege ich die einfach nicht runter, aber wir haben ja unser Pensum zu erfüllen, damit neue Sägen in der Amputationsabteilung gekauft werden können. In unseren Wohnungen dürfen wir nicht rauchen, wegen der Gefährdung der Intensivgruppenmitglieder. Im Winter machst du da eine harte Schule durch, sag ich dir.

Wahrscheinlich wirst du es jetzt auch nicht mehr so leicht haben, im Theater. Ich kann mir vorstellen, dass die strenger geworden sind, und dass die Jungschauspieler heutzutage auch Sport treiben, damit sie fit bleiben. Wenn mal das Angebot kommt, James Bond zu spielen, wollen die natürlich nicht ablehnen müssen, nur weil sie nicht vom Hubschrauber springen können.

Mit dem Atmen klappt es bei mir noch einigermaßen, aber aus einem Hubschrauber könnte ich nie und nimmer springen, allein schon wegen der morschen Knochen.

Ich war jetzt schon lange nicht mehr beim Fußballtraining. Nächste Woche wollte ich mal wieder hin, aber ich hab doch ein wenig Angst vor den freien Bürgern. Die werden schon auf mich warten: „Heute werden wir mal wieder den Patienten flott weggrätschen!"

Aber wie sagt der Indianer so treffend: „Starker Schmerz, guter Schmerz!"

■■

BLEIERNE MÜDIGKEIT

Liebe Christiane,

sind die Tage bei euch außerhalb der Anstalt auch so kurz? Ich stehe auf, dann ist etwas Geschwurbel und dann leg ich mich auch schon wieder hin. Mehr krieg ich einfach nicht rein in den Tag. Abends sitz ich manchmal noch eine Stunde vor dem Fernseher.

Politiker haben an einem Tag 10 Veranstaltungen und halten dabei 15 Reden. Wie machen die das bloß? Aber wenn du glaubst, dass das alles ist, was die machen, hast du dich aber ganz schön getäuscht! Die sind nebenbei noch Rechtsanwalt und Aufsichtsratsvorsitzender bei 3-4 Firmen. Das sind aber nur die Luschen. Die Top-Politiker schaffen noch 10 Vereine und 3 Frauen gleichzeitig.

Gut, die Kinder sehen die nicht wirklich oft, aber das will ja wahrscheinlich auch keiner wirklich. Jetzt hab ich das einmal nachvollzogen, wie so ein Tag bei mir abläuft, um die Ursache herauszufinden, dass ich so gut wie nichts schaffe.

Um 6:00 Uhr klingelt der Wecker, vielleicht schon zu spät? Dann brauche ich etwa eine Stunde, damit ich vollständigen Zugang zu meinem Bewusstseins habe. Dabei nehme ich noch flüchtig die grobe Richtung des aktuellen Wetters wahr. Ich frühstücke im Schlafanzug. Da ich mich nicht mehr daran erinnern kann, was ich eigentlich gern esse und trinke, dauert das so seine Zeit.

Anziehen und Zähneputzen geht dann recht schnell, aber das Rasieren ist eine große Herausforderung für mich. Ich muss 3-4 Mal nachrasieren, bis ich keine Stoppeln mehr mit der Zunge ertasten kann. Danach wäre ich eigentlich fertig, hadere aber noch etwa eine halbe Stunde mit meinem Schicksal und kann mich dabei nur schwer entscheiden, ob ich den Tag überhaupt als solchen akzeptieren sollte.

Nehmen wir einmal an, es ist einer von den besseren Tagen, dann mach ich mich an mein Tagwerk. Da ich ja mittlerweile vom Hamsterradbetrieb freigestellt bin, muss ich nur die nahe liegenden Dinge abarbeiten. Es ist jetzt 10:00 Uhr.

Nun kommt mein erstes Problem. Ich arbeite zwar regelmäßig bis um 12:00 Uhr, aber an was? An Ergebnissen kann ich es nicht festmachen, und das Gedächtnis hat nur fleißige Betriebsamkeit gespeichert. Jedenfalls überfällt mich nun eine bleierne Mittagsmüdigkeit. Nach dem Essen und Abräumen ist es 14:00 Uhr. Jetzt ist Siesta!

Um 16:00 Uhr beginnt der Kampf gegen den narkotischen Mittagsschlaf. Um 16:30 Uhr habe ich halb gewonnen und taumele an meinen therapeutischen Arbeitsplatz. Zu diesem Zeitpunkt ist das Ende des Tages bereits so bedrohlich nahe, dass es mich vollkommen lähmt. Nachdem ich noch zwei Stunden an meinem Schreibtisch vegetiert habe, ist es auch schon da – das Ende.

Was läuft denn da eigentlich schief?

■■

NATURGENUSS AUF TRÜMMERBERGEN

Lieber Pierre,

ich weiß ja nicht, ob du noch lebst. Du warst ja damals schon so ein alter Sack. Aber heutzutage werden Menschen ja locker 100 Jahre alt. Das müsste eigentlich reichen.

Wusstest du eigentlich, dass einige Katastrophe bei uns jetzt mit f schreiben. Ist bei Euch in Frankreich ja wohl unverständlich, oder? Ich mach da jedenfalls nicht mit, weil es auch noch falsch ist. Jedenfalls habe ich gerade festgestellt, dass ich in einem Katastrophengebiet lebe.

Jetzt wirst du dich wundern, weil hier doch ein Urlaubsgebiet ist und die Gegend als besonders schön empfunden wird. Ja, das ist ja das perfide, Pierre. Was hier passiert, ist in Wirklichkeit Katastrophentourismus! Die ganzen Alpen und sowieso die meisten Gebirge sind nur Trümmerhaufen von einem gigantischen Zusammenstoß von Erdplatten.

Die schwimmen auf der heißen Suppe im Erdinneren und wissen nicht so genau wohin. Da sie aber keine Augen haben, schwimmen die öfter mal dahin, wo schon eine andere Erdplatte so vor sich hindümpelt. Da die aber ziemlich schwer sind, die Erdplatten, können die natürlich nicht einfach so abstoppen.

Die andere Erdplatte hat aber gar keine Lust, Platz zu machen, weil sie sich momentan an ihrem Platz ziemlich wohl fühlt und dann kommt es zum Zusammenstoß. Knautschzonen sind bei Erdplatten nicht vorgesehen und deshalb schiebt sich an der schwächsten Stelle der ganze Sarotti von unten nach oben.

Dadurch entstehen Gebirge. Die Gipfel sind der ehemalige Meeresboden, der sich nach oben aufgefaltet hat. Deshalb kannst du da oben auch Fossilien von Fischen finden. Fische sind sozusagen die ersten Bergsteiger, natürlich unfreiwillig.

Das Tollste ist, dass der Zusammenstoß noch lange nicht vorbei ist. Die Gebirge wachsen immer noch, aber so langsam, dass du es nicht merkst, beim Bergwandern. Wenn du dir aber vorstellst, dass die Touristen eigentlich auf Trümmerbergen spazieren gehen und dabei ganz tolle Naturgefühle haben, ist das doch seltsam, oder?

Meinst du, das hat eine tiefere Bedeutung? Sehnen wir uns vielleicht unbewusst nach Katastrophen? Vielleicht ist das ja auch der Antrieb für die Gaffer auf der Autobahn, die scheinbar gar nicht anders können, als an einer Unfallstelle so langsam zu fahren, dass sie möglichst alles genau sehen können.

Vielleicht möchten die auch gern aussteigen und mit Ferngläsern um den Hals den Trümmerberg besteigen und dann oben angekommen etwas Jodeln und eine Brettljausen einnehmen.

Dann nehmen sie Ihre Kinder beiseite und sagen: „Schaut euch das alles genau an, ist das nicht schön hier oben?"

■■

KINDER DER KATASTROPHE

Lieber Pierre,

jetzt muss ich dir glatt noch einen Brief schreiben. Du erinnerst dich noch an den von Gestern?

Da hatte ich doch mal so angedacht, dass die Menschen sich vielleicht insgeheim nach Katastrophen sehnen. Du wirst es nicht glauben, aber es ist tatsächlich so. Das habe ich durch schieres Nachdenken herausgefunden. Ich kann es aber nur anhand von Beispielen beweisen.

Das mit den Gaffern auf der Autobahn habe ich ja schon geschrieben. Aber auch Katastrophenfilme haben immer Hochkonjunktur; denk nur an 'Titanic'. Oder warum gibt es Bücher, die sich ausschließlich mit Flugzeug- oder Eisenbahnkatastrophen beschäftigen? Warum sinken die Einschaltquoten von Formel 1-Übertragungen, wenn keine Unfälle mehr passieren? Da kann man noch ganz viele Beispiele anführen, aber jetzt kommt der Hammer, Pierre. Ich kann dir sagen, warum das so ist!

Dafür müssen wir mal ganz weit zurückschauen in die Geschichte des Universums, nämlich zum Anfang - Urknall. Was war der Urknall? Eine Explosion! Jetzt denk doch mal nach, Pierre, das Allererste im Universum war eine Explosion, eine gigantische Katastrophe, wobei aus einer fast perfekten Ordnung, totale Unordnung wurde.

Danach Chaos und unkontrollierte Expansion. Teilchen stoßen zusammen und bilden erste Materieklumpen. Aus Milliarden von Kollisionen bilden sich schließlich Sonnen und Planeten und endlich Leben. Wir sind Kinder der Katastrophe! Die Katastrophe ist unsere Urmutter.

Und das haben wir im kollektiven Gedächtnis tief eingespeichert. Eine Katastrophe ist das Symbol des Lebens, Pierre! Totale Ordnung bedeutet das Ende des Lebens! In einer universellen Ordnung haben wir nichts zu suchen, da ist kein Platz für uns.

Jetzt weiß ich auch, warum Gleichförmigkeit im Leben mich so zerstört und warum ich so schnell unruhig werde. Stillstand und Ordnung sind die Boten des Todes!

Jetzt muss ich nur noch darüber nachdenken, warum die Unordnung in meinem Kleiderschrank, Gehirn und Leben mich so lähmt, statt wie ein frischer Quell auf mich zu wirken. Wenn ich es herausgefunden habe, schreibe ich dir das noch.

Ich hoffe, dass du dann noch lebst, wäre sonst schade um die vielen Erkenntnisse.

■■

ORDNUNG IM CHAOS

Lieber Pierre,

ich habe es herausgefunden, das mit der Ordnung im Chaos.

Ich habe heftig und schnell nachgedacht, weil du ja schon uralt sein musst, wenn du noch lebst. Oder bist du vielleicht gar nicht so alt, wie ich denke? Zeit ist ja so ein schwieriges Thema, das habe ich nicht im Griff. Nun aber zum Thema.

Es war ja die Frage, warum wir als Kinder der Katastrophe und des Chaos trotzdem Ordnung brauchen. Ist ja eigentlich ganz klar. Das hat auch was mit Zeit zu tun. Wir erleben das Universum ja quasi in Zeitlupe, sonst wären wir kurz nach der Geburt schon wieder tot. Denk nur an die Eintagsfliegen. Für die ist ein Tag schon ziemlich lang, nämlich ein Leben lang. Eine Lebenszeit ist aber aus Sicht dieses Individuums nun einmal eine Lebenszeit und nicht nur ein Tag, wie wir ihn erleben.

Im Laufe der Zeit braucht das Universum immer wieder neue Ideen, was es jetzt wieder kaputtmachen kann und in dieser Zeit leben wir! Für das Universum oder eine noch höhere Instanz, sagen wir mal Gott(in), ist das nur eine Sekunde, für uns ein ganzes Leben oder sogar die Spanne für die Existenz einer ganzen Art, beispielsweise Menschen. In dieser kurzen Zeitspanne herrsch eine trügerische Ordnung, sozusagen Ordnung auf Zeit.

Ohne dieses kurze Luftholen vor einer neuen universellen Katastrophe, beispielsweise so eine lustige Supernova, würden wir gar nicht existieren.

Wenn jetzt zum Beispiel Gott(in) wirklich die Botschaft in unsere Hirne gepflanzt hat, dass wir uns die Welt untertan machen sollen, ist die Frage, was mit 'Welt' gemeint ist. Vielleicht fehlt ja der Nebensatz: „ … solange ihr könnt." Ist möglicherweise durch eine kleine Sendepanne untergegangen. Das ist aber jetzt für die grundsätzliche Überlegung piepegal.

Wir brauchen also auch als Kinder der Katastrophe Ordnung auf Zeit als Lebensgrundlage. Ob wir diese Ordnung jemals so beherrschen können, dass wir die Zeitspanne bis zur nächsten universellen Katastrophe beliebig hinausschieben, oder einfach immer da hinfliegen können, wo gerade keine Katastrophe stattfindet?

Wenn ich mir meinen Kleiderschrank anschaue, ist die Antwort: „Nein!" Aber ich bin ja auch nur Patient in der Anstalt. Wenn ihr Franzosen weiter soviel Wein trinkt und Gitanes raucht, werdet ihr es auch nicht schaffen. Vielleicht sollte ich heute mal mit Aufräu-men anfangen. Jede Reise beginnt ja bekanntlich mit dem ersten Schritt.

Ich habe übrigens einen neuen Job im Hamsterrad, aber das wird uns auch nicht wesentlich weiter brin-gen, auf dem Weg zum ewigen Leben.

■■

VERDRÄNGTE ANGST

Lieber Bruno,

du weißt ja wohl nicht, dass ich in der Anstalt bin, aber das ist auch egal. Ich wollte dir nur einen Brief über das Thema 'Ruhe' und 'Unruhe' schreiben. Du weißt ja sehr gut, was Ruhe ist.

Warst du eigentlich jemals unruhig? Gut, du bist ewig durch die Welt gezogen, aber dabei warst du doch innerlich ruhig, oder? Ich war ja früher auch viel unterwegs, aber ruhig war ich dabei nie. Ich hatte beispielsweise schreckliche Angst vor dem Fliegen. Ich meine jetzt das richtige Fliegen mit Flugzeugen, nicht das Fliegen im Traum. Das war immer große Klasse und ging ja auch ohne Flugzeug.

Beim Fliegen in Flugzeugen hatte ich eigentlich immer Angst. So richtige Scheißangst. Ich kann dir nicht sagen, warum, aber die Angst war einfach da. Jetzt musste ich ja früher oft auf Bühnen auftreten, und da hatte ich auch Angst vor. Die Angst kann man wegsaufen, oberflächlich gesehen, aber das geht nicht auf Dauer.

Deshalb hatte ich eine Strategie entwickelt um die Angst zu besiegen. Das funktioniert aber nur für eine bestimmte Zeit. Du sagst deinem Gehirn: „Alles in Ordnung, du brauchst keine Angst zu haben, weil alles so passiert, wie es passieren soll." Das Gehirn antwortet: „Alles klar, Chef - Angst abgeschaltet." Abgeschaltet, Bruno, das ist wichtig! - abgeschaltet - nicht eliminiert. Die Angst bleibt solange abgeschaltet, wie du die Kontrolle behältst, aber das ein Leben lang durchzuhalten, ist sehr anstrengend!

Ich denke, dass ich deshalb so müde geworden bin. Die Angst ist ein cleveres Bürschchen und schaltet sich so ganz heimlich wieder ein, aber du bemerkst es nicht. Die Angst hat nämlich einen Höllenrespekt vor dem bewussten Gehirn. Deshalb tarnt sie sich und holt sich ihren Anteil, wo immer es geht. Eines Tages fühlst du dich so belämmert, dass es Zeit für die Anstalt wird.

Das schafft ständige, innerliche Unruhe. Ich habe einmal einen Cartoon gesehen, wo ein Skiflieger im Flug eingefangen wurde. Darunter steht: „Ruhe in totaler Bewegung". Das trifft die Sache ziemlich gut.

Ruhig sein, bedeutet weit fliegen, solange du nicht einschläfst. Ein unruhiger Skiflieger mit Angst stürzt ab. Du hast aber bestimmt schon gehört, dass Skiflieger, die schon richtig weit gesprungen sind, eine Zeit lang nicht mehr weit fliegen können.

Die kennen den Grund nicht. Das sind Probleme im Unterbewusstsein – und da ist auch die Angst zu Hause. Beim Skiflieger muss es nicht unbedingt Angst sein, aber bei mir ist es Angst. Ich kann dir sogar den Satz sagen, den die Angst ständig in mein Unterbewusstsein diktiert: „Du hast dich sehr bemüht, aber leider reicht es nicht ganz. Versuche es doch im nächsten Jahr noch mal."

Mir gehen die Jahre aus, Bruno.

■■

EVERYBODY'S DARLING

Liebe Brigitte,

hast du schon einmal etwas von 'Everybody's Darling' gehört? Das heißt übersetzt 'Jedermanns Liebling'. So werden Menschen bezeichnet, die jeder mag. Jetzt frag ich mich, wie so etwas funktionieren soll.

Stell dir 10 beliebige Menschen aus deiner Bekanntschaft vor. Schließ aber die Verwandtschaft aus, weil es dadurch zu viel undurchsichtiges Emotionsgeschwurbel gäbe. Hast du die 10 Menschen vor Augen? Gut, dann stell dir mal vor, wie du sein müsstest, damit dich alle lieben.

Wenn du viel reicher bist, als einer der 10, kommt bei dem garantiert Neid auf. Geht also nicht. Bist du viel schlauer als einer, geht es auch nicht, weil der das nicht ertragen könnte. Natürlich kannst du dich dümmer machen, als du bist, aber das gilt nicht, weil du dich dann verbiegen müsstest.

Wenn noch andere Frauen unter Deiner Auswahl sind und du sehr attraktiv bist, ist der Ofen sowieso schon aus. Das sind nur ein paar Beispiele, und es gibt noch sehr viele davon.

Jetzt solltest du alle Punkte, die dir einfallen, im Geiste durchgehen und die Gegenprobe machen. Wie müsste man also sein, um garantiert 'Everybody's Darling' zu sein?

Ich kann dir einen Fall sagen, der immer funktioniert. Du musst doof wie Brot und erfolgreich sein und dazu Geld wie Dreck haben, das du auch wegen Deiner grenzenlosen Dummheit freizügig verteilst. Das ist eine sichere Bank, aber nur, solange das Geld reicht. Danach landest du aber ziemlich sicher in der Geschlossenen.

Die andere Möglichkeit ist, ziemlich arm zu sein, anspruchslos und hilfsbereit. Dafür musst du natürlich genügend Seelenkraft besitzen, also auch noch stark sein. Dann solltest du noch sehr durchschnittlich aussehen und keinem zur Last fallen. Du musst dir alles schönreden können.

Auf Fragen nach deinem Befinden sollten dies deine Standardantworten sein:

A. *„Ach es geht schon irgendwie, anderen geht es noch schlechter."*
B. *„Na ja, geht so, aber ich will mich nicht beklagen."*
C. *„Gut, aber wie geht es dir denn eigentlich?"*

Dagegen sind das die absoluten Killerantworten:

A. „Mir geht es hervorragend.
B. „Ich bin total glücklich und habe alles, was ich brauche."
C. „Ich wünschte, jedem ginge es so gut wie mir!"

Na, wie sieht's aus Brigitte? Hast du das Zeug zum 'Everybody's Darling'? Jetzt hätte ich fast das Wichtigste vergessen. Als 'Everybody's Darling' solltest du unbedingt an ausgleichende Gerechtigkeit im Leben glauben, sonst besteht die Gefahr, dass du in der Anstalt landest.

■■

VERTRIEBSERFOLG MIT TOTEN

Liebes Tele-Vertriebsteam,

es nähert sich der Jahrestag, an dem es Euch gelungen ist, einem Toten am Telefon einen Vertrag zu verkaufen. Nun gehöre ich nicht zu denjenigen, die bei solchen Sachen immer einen Betrug wittern.

Ich gehe also davon aus, dass es Euch tatsächlich gelungen ist, meinen verstorbenen Großvater im Himmel zu erreichen. Dazu habe ich ein paar Fragen. Da ihr eine Telefongesellschaft seid, habt ihr ja alle technischen Mittel um solche Verbindungen möglich zu machen. Ich nehme an, dass es sich um eine Art virtuellen Kabels direkt zum Himmelsnetz handelt.

Bevor ich jedoch auf die technischen Details eingehe, würde ich zunächst gern wissen, wie es meinem Großvater geht. Wie war er aufgelegt? Hat er Euch einige kommunistische Parolen entgegen geschleudert, oder ist er mit sich im Reinen, im Himmel?

Jetzt zu den technischen Details. Gibt es eine Direktverbindung zu den Verstorbenen oder müsst ihr über die Zentrale gehen? Kann man seine Rufnummer in den Himmel mitnehmen?

Dann müsste es aber eine zusätzliche Durchwahl geben, weil ich immer nur die Familienangehörigen ans Telefon bekomme, wenn ich die Nummer eines Verstorbenen wähle. Wenn es diese Durchwahl gibt, wie wird sie generiert? Wenn die Verbindung immer über die Zentrale geht, dann hätte ich gern die Nummer von Gott(in). Im Telefonbuch steht sie nicht.

Hat Jesus eine eigene Durchwahl, oder muss man nur sagen: „Gibt mir mal bitte deinen Sohn", weil er ja ständig zur Rechten Gottes sitzt? Benutzt man im Himmel Handys, oder hat man da auch Angst, wegen der Strahlenbelastung?

Nun werdet ihr Euch auch Fragen stellen. Warum hat Großvater dem Vertrag zugestimmt, wenn er doch tot ist? Habt ihr Euch die Frage schon gestellt?

Ich hätte da eine plausible Antwort. Im Himmel gibt es keine Banken und auch keine Konten. Damit läuft euer Abbuchungsauftrag ins Leere! Es kostet ihn also keinen Cent. Das ist die Super-Flatrate, und so ein Schnäppchen nimmt man doch gerne mit, oder? Aus diesen Erkenntnissen könntet ihr doch eine tolle Marketingstrategie zimmern.

Was sind denn schon 8 Millionen Anschlüsse gegen Milliarden Anschlüsse. Damit wäret ihr in Kürze der größte Provider der Welt. Hört sich doch gut an, oder? Über die Netzbelastung braucht ihr Euch keine Sorgen zu machen, denn Tote telefonieren nicht viel, weil sie ja ständig Harfe spielen. Außerdem lässt sich ein virtuelles Kabel beliebig aufbohren.

Ich wünsche Euch noch viel Erfolg, und die Tipps von mir braucht ihr auch nicht zu vergüten. Steckt Euch das Geld lieber ein, das macht mehr Spaß.

TOD ODER ANSTALT

Lieber Jürgen,

es ist ja noch nicht so lange her, seit du dich vom irdischen Dasein verabschiedet hast. Geht es dir gut im Himmel?

Achte auf Anrufe vom Tele-Vertriebsteam. Die werden in Zukunft, auf meinen Tipp hin, allen Toten Telefonverträge mit einer Super-Flatrate anbieten. Greif einfach zu, es kann dir nichts passieren.

Hast du dich schon mit den anderen Verstorbenen über verschiedene Todesarten ausgetauscht? Ich wüsste ja zu gern, ob es da Kategorien gibt, die etwas mit der jeweiligen Lebenssituation im Angesicht des Sensemanns zu tun haben. Aber ich befürchte, der Tod ist genauso profan, wie das irdische Leben, oder irre ich mich?

Ich habe ja so eine Theorie, dass es mindestens zwei Kategorien gibt. Damit würde ich mich schon zufriedengeben. Das würde zumindest bedeuten, dass man einen gewissen Einfluss hat. Die erste Kategorie ist klar, einfach Zufall: du gehst über die Straße – ein

Auto kommt – der Fahrer schreit noch: „Hau ab du Idiot" – und überrollt dich – Sense. Oder: Es ist Krieg – Bombe fällt – du stehst drunter – auch Sense.

Die zweite Kategorie hat etwas mit Krankheiten zu tun. Neuere Erkenntnisse der ganzheitlichen Medizin scheinen ja zu belegen, dass Krankheiten auch etwas mit Seelenpein zu tun haben. Potenzielle Patienten sind demnach mehr gefährdet, als beispielsweise freie Bürger. Ausnahmen bestätigen die Regel. Totsaufen, zum Beispiel, gilt nicht! Die Klassiker sind in dieser Kategorie Krankheiten, die dich kurz und knapp aus der Schiene kippen und dir dann auch zeitnah den Garaus machen, zum Beispiel Hirnschlag.

Da stell ich mir als Vorgeschichte ein schnelles Karussell im Kopf vor, wo die Fahrgäste Sorgen und Ängste sind. Das Karussell dreht sich immer schneller, bis die Fahrgäste von der Zentripetalkraft aus dem Sitz gerissen werden. Dann verstopfen sie die Lebensadern.

Diese Gefährdung besteht zwar bei potenziellen Patienten, aber nicht mehr bei Patienten, die es noch in die Anstalt geschafft haben. Dort wirst du nämlich schön ruhig gemacht. Geld und Besitz spielen hier keine Rolle mehr. Alles ist prima organisiert, und die Dinge sind geordnet.

Es gibt Patienten und Personal. Alles ist geregelt. Anstaltswohnung, Beschäftigungstherapie, zur Not Pillen, und schon bist du ruhig. Das Karussell steht. Sorgen und Ängste haben leider keine Chips mehr für die nächste Fahrt. Manche sagen ja: „Besser tot, als in der Anstalt sein", aber das ist falsch! Oder bin ich da auf dem falschen Dampfer?

Du müsstest es ja wissen, wie das so ist, tot zu sein. Wenn du den Telefonanschluss hast, ruf doch mal an.

■■

STOFFHAMSTER FÜR DIE IKB

Liebe IKB,

jetzt weiß ich endlich, warum mein Freund die Kohle für seinen geplanten Hamsterfreundladen nicht bekommen hat. Ihr habt gar keine Kohle mehr! Alles verzockt, ihr Schlawiner.

Das hättet ihr doch auch gleich sagen können. Kann ja mal passieren. 9 Milliarden sind eben schnell verspielt, wenn es nicht die eigene Kohle ist, nicht wahr? Blöd ist nur, dass viele Pobitus und auch echte Unternehmer gerade etwas Stütze für ihre Unternehmungen gebrauchen könnten.

Habt ihr mal darüber nachgedacht, oder ist Nachdenken bei Euch verboten? Ich kann Euch ja gern mal dabei helfen. Bei einem durchschnittlichen Startbedarf von 10.000 Euros für einen ordentlichen Hamsterfreundladen mit lebenden Tieren, Käfigen, Trockenfutter, Heu, Streu, Lunchball, Holzhäuschen, Hamsterspielsachen, Krallenscheren und Schleckerstangen, könnten für das verzockte Geld genau 900.000 Läden eröffnet werden.

Jeder Hamsterfreund bräuchte nur noch um die Ecke zu gehen, um seine Hamsterutensilien einzukaufen. Das würde in der Folge auch weniger Verkehrsunfälle von Hamsterfreunden auf dem Weg zum Hamsterladen bedeuten.

Gut, nach 6 Monaten wäre die Kohle zwar auch weg, weil natürlich alle Läden Pleite gehen würden, aber immerhin hättet ihr 900.000 Versager für ein halbes Jahr von der Straße geholt.

Noch wichtiger wäre jedoch der Effekt für die Immobilienbranche. 900.000 vermietete Ladenlokale würden endlich wieder Geld in die Kassen der verarmten Immobilienmakler spülen.

Ganz zu schweigen von den Ladenbesitzern, die ja, wegen der Mietbindungsfrist im gewerblichen Bereich, die armen, ehemaligen Hamsterladenmieter mit ihren Mietforderungen bis ans Ende der Welt verfolgen könnten. Denkt doch nur, was das für einen Aufschwung in der Inkassoszene bedeutet hätte!

All das habt ihr gedankenlos verspielt. Aber wir Patienten helfen gern, wo wir können. Damit eure Vorstände weiter Ihre Gehälter ausgezahlt bekommen, haben wir in unserer Anstalt eine Initiative gestartet. Wir basteln Stoffhamster aus alten Kleidungsstücken von freien Bürgern. Wir selbst haben ja keine über-flüssigen Kleidungsstücke.

Diese Stoffhamster verkaufen wir auf Basaren im Gemeindehaus der Kirchengemeinde. Die freien Bürger werden sich freuen, ihr altes Hemd in neuer Form wieder zu sehen und zahlen gern einen Euro dafür.

Wir haben nur etwas Respekt vor der gewaltigen Aufgabe. 9 Milliarden Stoffhamster sind eine Menge Holz, oder?

■■

DER FALL GOLGATHA

Lieber Eckhard,

wie geht es der Gemeinde? Das heutige Thema am Karfreitag liegt auf der Hand – Golgatha.

Zuerst wollte ich an Jesus direkt schreiben, hatte aber Angst vor den Konsequenzen. Wenn er geantwortet hätte, wäre ich hier in der Anstalt unten durch.

Wahrscheinlich hätte man mir eine Verschwörung unter Aufrührern zur Last gelegt. Das würde zwangsläufig wieder mindestens eine Woche Geschlossene bedeuten. Das war mir zu heiß. Also muss ich dir als Fachmann einige Fragen stellen, die mir auf den Nägeln brennen.

Kreuzigung und Auferstehung können wir abhaken. „Er ist wahrhaftig auferstanden", ist kein Problem für mich. Sprache und Bedeutung sind ja sehr dehnbar, da will ich nicht kleinlich sein. Mich irritiert jedoch, dass Jesus sich nach diesem Wunder aus dem Staub gemacht hat – siehe Himmelfahrt. Immerhin hatte er etliche Menschen mit seinen Lehren infiziert, die danach ziemlich in der Patsche saßen. Hätte er denen nicht helfen müssen?

Gut, der Posten zur Rechten Gottes war eine attraktive Option, aber hier auf Erden brennt ja auch ständig der Baum. Oder konnte er aus dem Himmel mehr bewirken? Was dann noch grundsätzlich zu klären wäre, ist die Sache mit der Nächstenliebe.

Manchmal bin ich etwas verbittert – deshalb bin ich ja auch in der Anstalt – aber insgesamt klappt Vieles zumindest in der Theorie jetzt schon sehr gut. Ich finde eigentlich alles ziemlich prima und bringe auch Verständnis für Leute auf, die mich bestehlen und beleidigen. Aber muss es denn unbedingt Liebe sein? Oder habe ich da ein falsches Verständnis von dem Wort 'Liebe'. Ich liebe zum Beispiel meinen Hamster und die alten Pantoffeln, sowie Filme über das Universum.

Manchmal kann ich sogar Menschen lieben. Mit meinen Peinigern habe ich da aber ein gewisses Problem. Besonders, wenn Sie ohne eigene Not peinigen. Da schwillt mir der Kamm. Ist das falsch? Im Prinzip bin ich ein totaler Fan von Demut und halte auch gern nach einer Backpfeife noch die andere Wange hin. Doch meistens treten mir die Peiniger danach noch in die Eier und das tut verdammt weh. Dann wünsch ich mir oft heimlich, dass die bald Zahnschmerzen bekommen, oder Fußpilz.

Meinst du das geht noch durch bei Jesus, der immerhin sein Leben für uns gegeben hat (auch wenn er danach einen guten Posten antreten konnte)?

Ich vertraue mal darauf, dass das klargeht, sonst werde ich wieder so unruhig. Ich wünsch dir jedenfalls frohe Ostern und grüß mir die Gemeinde.

■■

OSTERKAMPF BEIM DISCOUNTER

Liebe Mireille,

heute tobte der Mob vor den Supermärkten. Samstag vor Ostern ist Großkampftag an den Regalen und Kühltheken. Man könnte meinen, der Verkauf von Waren aller Art würde nach Ostern eingestellt.

Die letzten Milka-Hasen werden dir unter den Händen weggerissen. Nur Patienten schauen noch auf Preise. Alle anderen haben jegliche Kontrolle verloren.

Beim Kampf um die Parkplätze kämpfen Bürgerlimousinen gegen Patientenschrottis. Die freien Bürger gewinnen fast immer. Die haben eine Vollkasko-Versicherung. Nur ein paar Patienten-Desperados können den Kampf siegreich bestehen, wenn sie gegen Autoneurotiker antreten, bei denen ein Kratzer im Lack Nervenzusammenbrüche auslöst.

Im Kampf um die Einkaufswagen sind die Patienten grundsätzlich im Vorteil, weil sie Kleingeld parat haben. Mit einer Geldscheinklammer im Hosensäckl bist du da im Hintertreffen. Danach sind alle gleich. Erst an der Schlange vor der Kasse versuchen freie Bürger noch einmal ein kleines Machtspielchen. Da kann es schon mal vorkommen, dass ein Patient übervorteilt wird. Natürlich solltest du dich als Patient nicht dagegen wehren, sonst wird dir verbal der Garaus gemacht und du kannst dir ein geruhsames Osterfest abschminken.

Da Patienten ab und an mit ihrem Schicksal hadern, lassen sie gern einmal gedankenverloren eine Lücke zu ihrem Vordermann/frau entstehen. In diese Lücke stoßen freie Bürger geistesgegenwärtig ein. Als Patient solltest du da freundlich lächeln. Schon die kleinste Andeutung von Aufbegehren, wie ein gemurmeltes: „Hey!", wird unweigerlich mit sinngemäß: „Wenn du Idiot zu dämlich bist, ordentlich aufzuschließen, solltest du lieber in deiner Bruchbude bleiben und dort verrecken" gekontert.

In deinem Hirn löst das eine partielle Sprachlähmung hervor, die du mit gesenktem Kopf vertuschen solltest. Tu so, als sei gar nichts geschehen und wünsche dem Herrn einfach: „Frohe Ostern." Jeglicher Versuch einer Gegenattacke führt unweigerlich zur Katastrophe. Danach kannst du nur noch als Wurm den Discounter verlassen. Vielleicht musst du sogar weinen.

Verlässt du als Patient weinend einen Discounter, hast du auch noch die anderen Patienten gegen dich, weil die auch ab und zu jemanden brauchen, den sie peinigen können. Garantiert rammt dir als Nächstes ein Mitpatient seine Autotür in deinen Schrotti, oder bricht dir den Außenspiegel ab.

Frohe Ostern!

NACHWORT

Wer wissen möchte, wie die Geschichte weitergeht, dem empfehle ich den Roman:

Der Seele auf der Spur
ISBN: 9783755778875

Das Buch ist quasi die Aufarbeitung der in den vorangegangen Tagebuch-Briefen erkennbaren seelischen Irritationen - 13 Jahre später.

Diese 13 Jahre waren die fiktiven Briefe auf meiner Autoren-Website horstgrabosch.de zu finden. Ich hatte immer darauf geachtet, die oft bösartig „Modekrankheit" genannte Depression nicht als Marketinginstrument zu missbrauchen. Allerdings zeigten mir die Reaktionen von Lesern, dass die Briefe bei Nichtbetroffenen oft auf Unverständnis trafen. Nach meinem für mich selbst äußerst heilsamen Roman, der 2022 herauskam, konnte ich endlich alle Bedenken beiseite schieben und die Briefe jetzt als Buch veröffentlichen. Und zwar als das, was sie eigentlich waren - ein Tagebuch der Depression.

Sicherlich gibt es viele Wege einer Depression zu entkommen, aber jeder sollte bedenken, dass es ohne eigene Bemühungen nicht geht. Es kann sich ziemlich lange hinziehen bis man den Stecker gefunden hat, der zu ziehen ist. In meinem Fall war es der Zweifel am eigenen Wert. Zu lange habe ich nach Zeichen der Wertschätzung durch andere gesucht, bis ich verstand, dass davor der Glaube an sich selbst steht.

Einige verwechseln das mit Selbstbewusstsein, aber dieser Begriff trifft nicht den Kern der Sache. Es geht auch nicht darum sich selbst toll zu finden - eher das Gegenteil. Ich würde es Demut nennen. Ich tue das, was mir Befriedigung verschafft, und freue mich wenn ich Resonanz verspüre. Die Resonanz darf aber nie zur Bedingung des Handelns werden. Die eigene Befriedigung sollte immer genügen.

Jeder Künstler kennt aus seiner Anfangszeit das Gefühl vor leeren Stühlen aufzutreten. Später lacht man sich in Talkshows halbtot über diese Stunden des puren Entsetzens. Aber es kann jederzeit wieder passieren. Es gibt keine Garantie auf Erfolg im heute vollkommen verzerrten Wortsinn. Erfolg stammt von dem Verb ‚erfolgen' und bezeichnet die Wirkung des Handelns. Somit bezeichnen Erfolg und Misserfolg eigentlich die gleiche Sache. Erst die gesellschaftliche Wertung macht daraus ein Widerspruchspaar. Gesellschaftliche Wertung ist zwar nicht nebensächlich, aber sie darf nicht zum Handlungsmaßstab werden. Gesellschaftssysteme mit Regeln dienen dem friedlichen Zusammenleben, aber sie schießen allzuoft über ihre ursprüngliche Funktion hinaus. Das kann zu einer schmerzlichen Einschränkung von Freiheit führen.

Obwohl Freiheit oft für Rücksichtslosigkeit missbraucht wird, ist es ein bedeutender Faktor zur Vermeidung von Depression.

In diesem Sinne: „Es lebe die Freiheit!"